손끝에 남은 향기

손끝에 남은 향기

1판 1쇄 인쇄 2015. 7. 20.
1판 1쇄 발행 2015. 7. 27.

지은이 손종섭

발행인 김강유
책임 편집 김상영 | 책임 디자인 이경희
마케팅 김용환, 김재연, 백선미, 김새로미, 고은미, 이헌영, 정성준
제작 김주용, 박상현 | 제작처 민언프린텍, 금성엘앤에스, 대양금박, 정문바인텍
온라인 홍보 고우리, 박은경
발행처 김영사
등록 1979년 5월 17일(제406-2003-036호)
주소 경기도 파주시 문발로 197(문발동) 우편번호 413-120
전화 마케팅부 031)955-3100, 편집부 031)955-3250 | 팩스 031)955-3111

값은 뒤표지에 있습니다. ISBN 978-89-349-7158-0 03810

독자 의견 전화 031)955-3200
홈페이지 www.gimmyoung.com   카페 cafe.naver.com/gimmyoung
페이스북 facebook.com/gybooks   이메일 bestbook@gimmyoung.com

좋은 독자가 좋은 책을 만듭니다.
김영사는 독자 여러분의 의견에 항상 귀 기울이고 있습니다.

이 도서의 국립중앙도서관 출판시도서목록(CIP)은 서지정보유통지원시스템 홈페이지
(http://seoji.nl.go.kr)와 국가자료공동목록시스템(http://www.nl.go.kr/kolisnet)에서
이용하실 수 있습니다.(CIP제어번호 : CIP2015017089)

손끝에
남은
향기

읽 을 수 록 깊 고 새 로 운 우 리 한 시

손종섭

김영사

이제는 가물가물 한 가닥 그리움의 저편으로 멀어져간
그 '마음의 본향'에로 어느덧 성큼 다가와 있는 듯한, 정겨운 그 목소리!
거기 누가 있어 고운 우리말로 말문만 열어주면,
굽이굽이 정에 겨운 사연들이,
실꾸리에서처럼 하염없이 풀려나오리라.

마음의 본향으로 이끌어주는 옛 님들의 목소리

　먼지투성이 서가에서 무심코 뽑아낸 고서 한 권! 무심코 펼쳐보는 한 갈피, 거기 빼곡히 채워져 있는 숨죽은 한자들의 늘비한 대열 속에, 무심코 던져진 내 시선! 아무 생각 없이 읽어보는 한두 줄!

　아! 이 어이 알았으랴? 눈길 닿는 글자마다 금세 파릇파릇 생기를 되찾는 듯 반색하며 다가오는 것이 아닌가? 가사 상태로 있던 고인의 넋이 되살아나는 듯, 천년 전의 그의 숨결이, 혼미에 잠겨 있던 그의 기억이, 생애에 겪었던 그의 애환의 장면 장면이 아련히 떠오르며 현장감으로 다가오고 있는 것이다. 줄줄이 면면이 갈피마다 그의 알뜰한 정한이, 아롱아롱 그의 눈물이…. 말을 얻지 못한 채 묵언黙言의 상태로 울먹이고 있는 것이다. 갈피갈피를 넘겨봐도 내 눈길 닿는 곳곳마다, 글자들은 파릇파릇 물오르며, 날 만나기를 잘했다는 듯, 날 붙들고 만단정화萬端情話를 하염없이 늘어놓고 있는 것이다. 그의 속삭임은 멈출 줄을 모른다. 한평생 겪은 애환의 굽이굽이를, 다 쏟아놓으려는 듯, 한사코 날 붙들고 놓아주지 않으려 한다.

이 고서 속의 한자들은 우리말의 실어증失語症에 빠져 있다. 본디는 정감 어린 고운 우리말이었건만, 그대로 적을 그릇이 없던 당시라서, 부득이 한자를 빌려 부호 삼아 썼던 것인데, 오늘날은 그를 해독하는 비밀 열쇠를 잃어버린 처지라, 알짬 같은 우리말, 우리 문학이건만, 부호 해독의 길이 막혀 후손들과도 소통이 아니 되니, 이런 비극이 어디 또 있다 하리오?

　매캐한 어둠 속에 아무렇게나 쌓여 있는 골방의 고서들! 거기 어느 책이나 한 권 뽑아 아무 갈피나 한 대목 읽어보시라. 정겨운 사연들이 쏟아져 나오는 거기, 천백 년 세월의 장벽을 훌쩍 넘어, 지척으로 다가서는 임들과의 만남이 어찌 정에 겹지 않으리오?

　그 님들의 때 묻지 않은 고운 인정! 진정 사람다운 사람으로 살고 간 그 님들의 고운 넋들! 물질만능으로 비인간화되어가고 있는 현대인에게 있어, 그 자신들도 일찍이 몸담아 살긴 살았던, 그러나 삶에 찌들려 골몰하느라 이제는 가물가물 한 가닥 그리움의 저편으로 멀어져간 그 '마음의 본향'에로 어느덧 성큼 다가와 있는 듯한, 정겨운 그 목소리! 거기 누가 있어, 고운 우리말로 말문만 열어주면, 굽이굽이 정에 겨운 사연들이, 실꾸리에서처럼 하염없이 풀려나오리라.

　그리고 거긴 이미 오늘이 다 있음에 생소하지 않으리라. 오늘에 새로운 것이라는 것이 거기 이미 오늘 이상으로 아롱아롱 수놓여 있음에 놀라게 된다. 그래서 일찍이 깨달은 이 있어 '온고지신溫故知新'을 교목敎目으로 내세우기도 했던 것이 아니던가?

내 한 20년 이래로 이 일―우리말의 말문을 열어주는 일, 한문으로 표기된 우리 선인들의 문학을 국문학으로 환원·편입하는 일―에 혹하여, 어쩌면 선인들의 고운 정을, 봄 햇살이 살갗에 스며들듯 아니, 맞

닿은 살갗에서 체온이 전해오듯, 아니, 윗물이 흘러내려 아랫물로 이어지듯, 아무 꾸밈없이, 순수가 순수로 이어지도록, 그렇게 할 수는 없으랴? 나름대로 애를 써오면서도 매양 회의적인 것은, 그 말 매무새며 그 글 매무새다.

《두시언해杜詩諺解》에서의 그 능청능청 너울너울 유장한 가락! 그것은 때로 원시보다 더 그윽한 맛으로 다가오지만, 현대인의 바쁜 마음, 가쁜 호흡에는 이미 맞을 리 없고, 한편 한말에 들어와 신시에 뿌리내린 7·5조 따위의 외래 가락들은, 양복 차림인 양 경쾌하기는 하나, 긴 수염 긴 옷자락의 느직한 무게 없음이 아쉬울 뿐 아니라, 연륜마저 증발되어 한말 개화기로 몰밀어 옮겨다놓은 듯, 못마땅한 나머지, 어쩌다 시험 삼아 시조 가락으로 옮겨다놓고 보니, 아, 이 어찌 뜻했으랴? 그 예스러운 맛과 듬직한 무게에, 연륜마저 배어나는 듯, 이 진정 우리만이 간직해온 우리의 숨결이기에, 이야말로 마땅히 더위잡아볼 만한 우리의 가락이려니―. 그래 언젠가는 이 가락으로 한 권 엮어보리라 마음먹었던 것이, 구십 고개 너머의 이 새봄에, 고마운 분들의 울력으로 이렇게 선뜻 선보이게 되었으니, 어찌 기쁘지 않으리오?

이 책에서 다룬 작품들은 각계각층이 망라되어 있는 가운데서도, 당시에 설움받던 계층의, 설움에 겨운 목소리들을 더 많이 발굴해서 실었다. 소처럼 부림당하며, 소처럼 서럽게 살다 간 서러운 목소리들! 한평생 하소연할 길 없이 억울하게 살다 간, 그 넋들을 조상弔喪하면서―.

2007년 1월

손종섭

차례

책머리에 5

삶의 현장

궁금한 바깥세상 | 정약용 18
꽃이 설령 낫다 한들 | 이안중 19
내 몸 따로 어이 알료 | 이안중 20
생명은 저마다 | 장유 21
마당에 난 온갖 잡초 | 이수익 23
물가의 흰 바위 | 성혜영 24
피기 다투는 꽃 | 임인영 25
밭 갈러 가는 일행 | 최윤창 26
물새들이랑 울멍줄멍 | 박상립 27
병아리들 나랑들랑 | 양경우 28
한 목청 장끼 소리에 | 유한재 29
산달이 철렁 내려앉아 | 홍한인 30
맑은 밤 우물가 | 김삼의당 31
아낙네 화전놀이 | 임제 32
소 타는 맛 | 권만 33
하얗게 물결치는 벼꽃 | 설손 34
컹컹 짖고 나서는 개 | 이득원 35
맑은 강에 발을 씻고 | 홍유손 36
한 백년 바쁠 것 없이 | 김인후 37
버들개지 하나 | 노긍 38

그림에 부친 글 | 김수온 39
정으로 얽힌 마을 | 조수홍 41
봄바람은 무정한 것 | 김시습 42
빗속의 꽃구경 | 안호 43
겸재 정선공을 찾아 | 운하옹 44
주거니 받거니 | 서화담과 황진이 45

사랑의 현장

절구질하는 아가씨 | 유영길 48
길에서 만난 여인 | 강세황 49
그윽이 맘에 들어 | 개성 과부 50
바람 앞 연꽃인 양 | 최해 51
연밥을 던지다가 | 허난설헌 52
낭군 옷을 깁노라니 | 이옥 53
임의 옷을 마르려니 | 신이규 54
꿀벌은 꽃에 뽀뽀 | 신흠 55
옆 폭 비단치마 | 이정구 56
대동강의 뱃놀이 | 고경명 57
거슬러 배 젓느라 | 이달 58
봄빛이 몇 날이랴? | 설장수 59

이별의 현장

잡은 소매 뿌리치고 | 휴정(서산대사) 62
임 실은 대동강 물 | 정지상 63
가시려면 가시어요 | 의주 기생 64
귀양 가는 친구를 보내며 | 정중원 65
대동강 배 안에서 | 이만용 66
친구를 떠나보내며 | 박순 67
석양도 이글이글 | 정민교 68
남중을 떠나면서 | 소태정 69
말 없는 이별 | 임제 71
임과 나 | 성간 72
우리 님 떠나신 후론 | 이가환 73
임은 아니 돌아오고 | 허난설헌 74
헤픈 풋사랑 | 정포 75
취중에 보내놓고 | 도용진 76
새벽바람 | 석장인 77
밤에 우는 까마귀 | 신흠 79

기다림의 현장

버들은 푸르건만 | 최기남 82
어이할거나! 이 청춘을 | 설요 83

임은 아니오고 | 이정구 84
가랑잎 구는 소리 | 윤정기 85
깊으나 깊은 정을 | 이옥봉 87
죽지사 | 이근수 89
하늘엔 달도 밝다 | 신익성 비 91

간절한 그리움

술이야 없을까마는 | 박규수 92
손끝에 남은 향기 | 이제현 93
기다리다 지쳐 | 양사언 소실 94
한 눈썹 초승달마저 | 양사언 소실 95
꿈에서 깨어나 | 김삼의당 96
겉으론 멀쩡해도 | 이후백 97
주렴도 안 걷은 채 | 이매창 98
애타게 우는 두견이 | 허균 99
출정군인의 아내 | 정몽주 100
사람은 가고 정만 남아 | 홍산주 101
벽오동에 우는 매미 | 이형 102
양류사 | 안필기 103
무설대사에게 | 김제안 104
백옹봉을 찾아 | 행사 스님 105

회고의 정

송도를 지나며 | 이만배 108
송도 남루에 올라 | 권갑 109
송악산 감도는 물 | 변중량 110
저물어가는 백마강 | 이명한 111
청산은 말이 없고 | 김상용 113
탄금대를 지나가다 | 이소한 114
취적원에서 | 이수광 115

연민 무상

꽃과 달 | 허종 118
연못의 한 쌍 오리 | 김홍서 119
잔디는 우북한데 | 박제가 120
풀은 비단치마 | 이덕무 121
비 됐다 구름 됐다 | 권필 122
비 내리는 가을밤 | 이하진 123
옛 친구를 만나 | 이정 124
비에 젖는 복사꽃 | 이행진 125
원앙의 꿈속 향기 | 정희교 126
애써 얽은 저 거미줄 | 남병철 127
지는 꽃을 어이리 | 오경화 129

낙화 한마당 | 이개 130
꽃은 피고 지고 | 오수 131
오다 가는 봄 | 송한필 132
꽃샘바람 | 현기 133
꽃이 피고 꽃이 짐은 | 이기 134
들에 선 한 나무 꽃이 | 신흥섬 135
놀빛으로 물든 매화 | 조위 136
봄은 저물고 | 김정 137
꽃 활짝 달 둥근 때를 | 권벽 138
꽃향기 따라 | 임억령 139
바람에 지는 꽃을 | 조지겸 140
늙고 병이 드니 | 유찬홍 141
찬비는 대숲에 목이 메고 | 정철 142
낮잠에서 깨어나 | 서거정 143

정한

전사한 군인 아내 | 권필 146
하늘 밖 들려오는 다듬이소리 | 최경창 147
한밤중의 다듬이질 | 김극험 149
답답한 가슴을 치듯 | 실명 여자 150
이웃집 다듬이소리 | 정학연 151
그리던 님 꿈에 만나 | 성효원 152

이별은 어디 없이 | 권벽 153
손자에 부축되어 | 이달 154
임란 후 고향에 돌아와서 | 장현광 155
밤에 내린 풍성한 눈 | 손병하 157
고삐 매여 울고 있는 소 | 정내교 158
기다렸던 달이건만 | 홍현주 161
이화정에서 | 신잠 162
시름이 실이 되어 | 이항복 163
복수로 불태우며 | 이양연 164

병후의 쾌감 | 강희맹 177
흰 구름께로 읍하며 | 박순 178
저물어가는 봄 | 진화 179
낚싯배의 피리 소리 | 정지묵 181
맑은 솔바람 소리 | 최중식 182

산거락 은거락

들첨지 바쁠 것이 없어 | 김시모 184
이 바람과 저 달만이 | 박인로 185
외진 곳 찾을 이 없이 | 이숭인 186
나랑 함께 산에 온 달 | 이우빈 187
흰 구름에 분부하여 | 정수강 188
대곡 골짜기의 한낮 | 성운 189
푸른 산에 누워 | 성운 190
은퇴한 동악에게 | 윤훤 191
산에 가 있는 마음 | 신흠 192
산과 물 | 위원개 193
사람이 소 말을 배워 | 유득공 195
온통 푸른 세상 | 이제현 196
취적정에서 | 손만웅 197
산길을 가며 | 김시진 199

한정 평화

백운계를 건너와서 | 최숙생 166
흰 구름이나 넘나들고 | 장태기 167
해도 긴 봄날 | 한인위 168
바둑판을 사이에 두고 | 이숭인 169
산비둘기 우는 집에 | 김수필 170
식후엔 산차 한 잔 | 취미(수초) 171
바람은 자도 꽃은 지고 | 이만원 172
시냇가의 새 정자 | 이언적 173
산새 한 마리 | 박계강 174
불일암에서 | 휴정(서산대사) 175
낮닭소리 | 윤두수 176

여정 유람 객회 사향

새벽길 떠나려니 | 이덕무 202
부칠 길 없는 편지 | 홍중호 203
갈바람에 누워 올라 | 이숭인 204
한강을 건너면서 | 한수 205
청산은 유정해라 | 정지승 206
다시 하룻밤 | 조수성 207
돌아가는 기러기 | 권엄 208
남으로 오는 기러기 | 백경환 209
하루가 한 해 | 백광훈 210
수헐원에서 | 김지대 211
장마에 갇혀 | 권석찬 212
고향 돌아오는 길에 | 김안국 213
남송정 가는 길에 | 박제가 214
기러기의 변 | 강위 215
의주의 새벽 | 홍서봉 216
반 얼굴의 금강산 | 강준흠 217
산영루에 올라 | 김도징 218
흰 구름 속의 금강산 | 손영광 219
남풍아 고맙다 | 정도전 221
잠드니 도로 고향 | 남상교 223
중양절 한양에서 | 권병락 224
강남의 버들 | 정몽주 225
옛 마을에 돌아오니 | 휴정(서산대사) 227

인륜 도덕

나라 없는 삶 | 김창숙 230
한산섬 달 밝은 밤 | 이순신 231
심양에 부칠 편지 | 김류 233
삼전도로 가는 길에 | 윤선거 234
벼슬 두고 돌아오며 | 박순 235
귀양길 강남 천 리 | 이경여 237
압록강을 건너며 | 이순구 238
이제묘에 들러서 | 성삼문 240
도롱이를 보낸 이에게 | 하위지 242
해달아 가지마라 | 박준원 243
길가의 무덤 | 김상헌 244
유자의 노래 | 변중량 246
유배지에서 | 정희량 248
삼년상을 마치고 | 이술현 249
자식 초행날 마상에서 | 이수인 250
나그네 외기러기 | 조위 252
초가면 어떠하리 | 김숙 253
중구날 아우를 그리워하며 | 남유상 254
행화촌 주인에게 | 운초 256
아버님을 닮은 얼굴 | 휴정(서산대사) 258
선형을 그리며 | 박지원 260

아내를 여의고

내세에는 바꿔 나서 | 김정희 262
주렴 걷을 이 없구나 | 이달 263
아내를 보내며 | 이계 264
어린 것이 곡할 줄 몰라 | 이건창 265
집이라 돌아오니 | 신광수 267
우는 애 젖 안주고 | 정현덕 269
이별 눈물 | 심희수 270

자연의 아름다움

돌아오는 돛폭 | 이서구 272
배꽃은 뚝뚝 지고 | 김충렬 273
알맞게 내린 비 | 김매순 274
달 뜨기를 기다려 | 이집 275
구곡 폭포 | 손염조 276
동쪽 하늘 훤히 치워 | 박필규 277
안개 낀 새벽길 | 이광석 278
홍류동에서 | 손후익 280
석양도 많으시고! | 박순 282
작은 구름 한 조각이 | 성수침 283
싱그러운 푸른 연잎 | 서헌순 284

산 얼굴은 좋으시고

산 얼굴은 좋으시고 | 이명채 285
배꽃에 달 밝은 밤 | 한익항 286
봄빛도 한물이 되니 | 황현 287
산사의 가을 | 유원주 288
그림 속의 국화 | 남병철 289
연잎에 구는 빗발 | 신응시 290

자조 자탄

월천을 건너며 | 홍익한 292
금강을 건너며 | 윤종억 293
평택을 지나며 | 성하창 294
아침 술에 근드렁근드렁 | 임유후 295
없는 돈이 나올리야 | 이달 296
꽃 꺾어 머리에 꽂고 | 왕백 297
세상인심 | 최곤술 299
노름빛에 졸려 | 이옥 300
친구 없이 마시는 술 | 권필 301
봄에게 물어본다 | 이황 302
국화를 대하여 | 이색 303
봄은 시름일레 | 서거정 305

풍자 해학

이가 부러짐에 장난삼아 | 박순 308
정사와 호피 | 조식 309
장난삼아 무녀에게 | 이지천 310
서울 거리에서 | 이달 311
치고받다 마는 싸움 | 김옥균 312
뻐꾸기 우는 고향 | 정의윤 313
마냥 바쁜 해오라기 | 임억령 314
시름 잊고 섰는 해오라기 | 이규보 315
여울에 선 해오라기 | 정렴 317
게으름 팔기 | 원송수 318
산꽃아 나랑 놀자 | 임광택 319
얼레빗 참빗으로 | 유몽인 320
백발을 비웃으며 | 장지완 321
친구를 기다리다 | 박성혁 322
맘 못 놓는 물고기들 | 이규보 323
봄은 가건마는 | 백광훈 324

호기 풍류

사나이 스무 살에 | 남이 326
비로봉에 올라 | 이이 327
만리풍에 가슴 열어 | 이황 328
천지가 너그럽다 | 곽연 329
눈에는 청산이요 | 윤선도 330
꽃과 달과 술 | 송익필 331
꽃과 술과 벗 | 고의후 332
영남루에서 | 손중돈 333
술 익는 어느 집에 | 정이오 334
국화가 웃을세라 | 신위 335
아내가 술을 끊으라기 | 권필 336
도가지에 빚은 술이 | 박은 337
술 보내준 친구에게 | 이규보 339
봉래산에도 속물이 많다기에 | 김가기 340

달관 통찰

산행 | 강백년 342
소나무 | 신흠 343
허수아비 | 윤낙호 344
옳으니 그르니 | 허목 345
이웃 그늘 | 최숙생 346
연당가의 세 개 수석 | 서영수각 347
애끊는 경지 | 신위 349
자연의 조화造化 | 이용휴 351

끝없는 솔바람 소리 | 휴정(서산대사) 353

잠이나 자는 수밖에 | 권필 354

용문사에서 | 초의선사 353

묘지로 가는 길 | 이양연 356

머리를 감다가 | 송시열 357

운영의 서재를 보고 | 손구섭 358

시 또한 봄빛 오듯 | 이숭인 359

고목 | 김인후 360

고사목 | 이담 361

작가소전 362

찾아보기1 384

찾아보기2 389

생명은 저마다

장유
—

해오라긴 본디 희고 까마귀는 본디 검고,
반 희고 반 검은 건 가지 위의 까치지만
타고난 깃털 빛일 뿐, 선악과는 무관하네.

스스로도 반할 만큼 꿩의 깃털 곱지마는
꾀죄죄한 저 뱁새도 한 가지 차지하여
대붕새 부럽지 않게 자유 누려 즐긴다네.

白鷺自白烏自黑　半白半黑枝頭鵲
天生萬物賦形色　白黑未可分善惡
山鷄文采錦不如　照明靑潭或自溺
獨憐鷦鷯占一枝　逍遙下羨垂天翼
〈古意〉

　　이 땅의 모든 생명은 그 외형에 아랑곳없이, 저마다의 대신할 수 없는 존재 가치, 존재 목적을 지니고 태어났다. 저 볼품없이 작고 꾀죄죄한 뱁새도, 다른 새들처럼 저도 한 가지(枝) 제 몫으로 차지하고서는, 대붕새 부럽잖이 제대로 독립된 삶을 떳떳하게 누리고 있는 것이다.

미물도 저러하거든 하물며 인간에 있어서랴? 인간은 누구나 저 나름대로의 삶을 누릴 권리를 가진 귀한 존재라는, 소위 인권사상을, 당시에 이미 이렇게, 비유적으로 선언하고 나선 것이다.

'사람 위에 사람 없고, 사람 아래 사람 없다.'
같은 내용의 옛시조 한 수도 읽어보자.

> 감장새 작다하고 대붕아 웃지 마라.
> 구만 리 장공을 너도 날고 저도 난다.
> 두어라 일반一般 비조飛鳥니 네오 제오 다르랴?
> ─ 이택李澤

마당에 난 온갖 잡초

이수익
—

마당에 난 저 풀들은 심은 것이 아니건만
수없이 이름 없이 봄바람에 절로 나서
저마다 빛깔도 따로따로 향기도 따로따로….

庭草本非種 春風自發生
惟有色香別 無數亦無名
〈庭草交翠〉

   어찌 정초庭草뿐이랴? 민초民草도 마찬가지다. 저마다 남이 대신할 수 없는 각자의 존재 가치를 지니고, 나름대로 최선을 다하고 있는 귀중한 존재들인 것이다.
   이 또한 위의 작품과 함께, 인간의 존엄성을 비유적으로 역설한, '인권의 선언'이라 할 만하다.

물가의 흰 바위

성혜영

—

가을꽃 석양에 어린 물가의 흰 바윗돌
낚싯대 거두어 그 사람 떠나자마자
어느새 물새들 쌍쌍 몸을 기대앉았구나!

白白溪邊石 秋花映夕暉
一竿人已去 沙鳥坐相依
〈溪上〉

낚시하던 사람 떠나면 내가 앉고 싶었는데, 나보다 날쌘 물새들이 쌍쌍이 그 자리를 먼저 차지하고 말았으니 어이하랴? 꽃 그림자 어리 비친 물가의 그 흰 바위가 참으로 앉아봄직한 탐나는 자리건만—.

선점한 물새 자리를 침탈할 마음 없이, 아끼며 공생하는 이 고운 마음씨의 주인에게 복이 있으라!

피기 다투는 꽃

임인영
―

사람들 오지 않는 후미진 산자락에
저무는 날 실바람에 봄은 적적 고요한데
무수한 갖가지 꽃들 보는 가운데 피어나네.

仁王山下少人來 岸幘孤吟坐石苔

日暮東風春寂寂 巖花無數望中開

〈仁王山偶吟〉

　　미속도微速度 촬영의 영상을 보는 듯, 아무도 보아주는 이 없는 이 후
미진 산자락에, 무수한 각종 꽃들이 일시에 '와!' 소리라도 치듯, 서로
앞다투어 피어나고 있는, 그 찬란한 피기 경쟁의 장관이 눈앞에 펼쳐
지고 있는 것이다.

밭 갈러 가는 일행

최윤창
―

농가엔 닭도 일찍 울어 쇠죽 벌써 다 먹여선
지새는 달빛 아래 사립문 닫아놓고
"이러…! 워디어…!" 밭 갈러 가는 일행!

草舍鷄鳴早 農人起飯牛
柴扉掩殘月 叱叱向西疇
〈田舍〉

　자명종에 시간을 매겨놓듯, 주인과는 내약이 되어 있음이렷다. 동네 닭 선등으로 '꼬끼요오' 한 목청 길게 새벽을 따면, 먼동은 까치눈 뜨듯 간신히 트이기 시작한다. 이 집 주인이야 그 진작 용수철처럼 벌떡 일어나, 쇠죽 한 배 뱃가죽 팽팽하게 먹여서는, 지새는 달빛 아래 사립문 닫아두고, 주종主從의 두 그림자 길게, 재 너머 사래 긴 밭 갈러 갈 제, "이러…, 워디어…", "음…, 음메…"는 그들의 대화다.

물새들이랑 울멍줄멍

박상립
—

이끼 푸른 산집 뜰엔 반만 가득 낙화인데,
냇가에 홀로 나와 누구랑 짝했던고?
진종일 물새들이랑 울멍줄멍 서 있었네.

山齋空寂晝陰斜 滿地蒼苔半落花
溪上獨來誰與伴 水禽終日立楂牙
〈林居〉

　　냇가에 서 있는 백우족白羽族들 — 해오라기, 두루미, 갈매기, 황새, 혹
은 할미새, 원앙새, 물떼새, 호반새 등등 — 그들의 일원一員으로, 높은
키 낮은 키들로 울멍줄멍 서 있는 무리들 속의 일원으로, 한나절을 물
아物我의 의식 없이, 자연의 일부로 지낸 것이다. 밝은 햇살 시원한 바
람 속에, 여러 가지 나무들이 숲으로 서 있듯이, 건강한 삶의 현장의
그 일원으로서 —.

병아리들 나랑들랑

양경우

—

우케* 널린 초가집의 탱자꽃 꽃핀 곁에
사립문 닫아놓고 들밥 이고 나간 아낙
쌍쌍이 병아리들은 울 틈으로 나랑들랑….

枳殼花邊掩短扉 餉田村婦到來遲
蒲茵曬穀茅簷靜 兩兩鷄孫出壞籬
〈田家〉

   초가집 마당에는 우케가 널려 있고, 들에 점심밥 이고 간 아낙이 닫
아놓고 간 사립문, 그 문설주 노릇을 하고 있는 탱자나무에는, 탱자꽃
이 하얗게 피어 있다. 병아리 녀석들은 어미 닭이 못 나가게 닦달을
해쌓는데도 아랑곳 아니하고, 울타리 터진 틈새로 바깥세상 구경에
매혹되어 나랑들랑 정신이 팔려 있다. 저 호기심에 이글거리며 종종
걸음 치는 눈매들! 경이로운 삶의 한 세상이 거기 또 있음에 감탄하고
있다. 삶의 즐거움을 누리는 것은 인간만의 특권이 아님을 일깨워주
고 있다.

     ● 우케 | 마당에 멍석 펴고 말리는 곡식.

한 목청 장끼 소리에

유한재
―

취해 기댄 남창가에 낮잠이 깊었더니
어느 곳 봄바람이 비를 불어 보내는고?
한 목청 장끼 소리에 온갖 꽃이 활짝 핀다.

巖屝寂寂柳陰陰 醉倚軒窓午夢深

何處東風吹送雨 一聲山鳥萬花心

〈春日睡覺〉

　　잠결에 놀라 깬 산새 소리, 그것은 "꿔엉 꿩(앞은 길고 뒤는 짧게)" 단 두
마디로 단호하게 선언하고 나서는 장끼(꿩의 수컷) 소리다. 온 산이 쩌렁
쩌렁 울리도록 엄청난 큰 소리의 장끼 소리! 제 이름을 불러 책임 소
재를 밝히는 한편, 이는 또 사람의 말로 하면 "봄이여 봄!" 하는, 감격
의 제일성이며, 온 산 식구들에게 봄을 깨우쳐 알리는 전령(傳令)이기도
하다. 온갖 꽃들도 그 한 소리에 놀라 깨어, 앞다투어 활활 화심花心을
불태우고 있다.

산달이 철렁 내려앉아

홍한인

—

흰 구름 속 올랐다가 골짜기 암자에 묵다.
홀로 잠 못 들어 산달을 쳐다보다.
화들짝 두견이 소리에 달이 철렁 내려앉다!

朝上白雲頂上觀　暮投峰下孤菴宿
夜深僧定客無眠　杜宇一聲山月落
〈天磨山〉

'주승은 잠이 들고 객이 홀로 잠 못 이뤄' 천마산 산마루에 아스라
이 걸려 있는 외로운 달을 하염없이 올려다보고 있노라니, 이 어인 느
닷없는 두견이 소리! 원한에 사무친 청 높은 그 한 소리에 화들짝 놀
라, 산달이 철렁 내려앉는 것이 아닌가?

그러나 다시 정신을 차려보니, 내려앉은 것은 달이 아니라, 자신의
가슴이었던 것이다. 본말이 전도되어 나타난 환착각幻錯覺의 극치인
'山月落'의 기구句는 이 충격적인 감정이입에서 탄생된 것이다.

맑은 밤 우물가

김삼의당

—

맑은 밤 물을 긷다니 우물 안에 달이 둥실
하 황홀해 말을 잃고 난간에 섰노라니
바람이 오동나무 그늘을 뒤흔들어대는구나!

淸夜汲淸水 明月湧金井

無語立欄干 風動梧桐影

〈淸夜汲水〉

　　기실 더 심하게 뒤흔들린 것은 자신의 치맛자락이었으련만, 혹시나
부정스러이 보일세라, 오동나무 그림자로 대신한 것이리라.

아낙네 화전놀이

임제
―

시냇가에 돌을 괴어 솥뚜껑 걸어놓고
분성적粉成赤한 아낙네들 진달래적 부쳐내니,
입안에 가득한 봄을 배 속으로 전하다.

鼎冠撑石小溪邊 白粉青油煮杜鵑
雙箸挾來香滿口 一年春色腹中傳
〈煎花會〉

　화전놀이! 이날은 동네 젊은 아낙네의 명절! 분 바르고 기름 발라,
광내고 멋 내어 봄에 흠뻑 취하는 날! 진달래꽃 따다가 꽃부침개 부
쳐내어 지나가는 나그네에게도 스스럼없이 한 입 베푸는, 상큼하고도
알싸한 봄 향기의 선심에의 답례로, 즉석에서 한 수 써주고 간, 멋쟁
이 나그네의 사례시다.

빗속의 꽃구경

안호

—

무데무데 치는 빗발 꽃들을 짓밟는다.
진흙 속 꽃구경도 미루지는 말을 것이,
내일은 바람 자리라 그 누가 장담하리?

密密疎疎塞遠空 壓低李白裏桃紅
莫辭今日衝泥賞 來日安知定不風
〈雨裏看花〉

　꽃샘하는 비바람 앞에 꽃은 가엾다. 내일은 비바람이 치지 않으리
란 보장도 없거니와, 비록 화창하게 갠다 할지라도, 그때는 이미 빈
가지뿐일 테니, 오늘 이 궂은 속에서라도, 꽃구경만은 미루지 말아야
한다니, 옳은 말이다.

어와 세상 사람들아 꽃구경 가자스라!
비바람 사오나와 내일이면 못 보려니
우장에 삿갓 쓰고들 꽃구경 가자스라!
　　—필자 희작

겸재 정선공을 찾아

운하옹雲下翁

—

숲 속의 한 초가집 뜰에는 국화 피고
주인은 호올로 안석에 기대앉아
'비긴 해 청산 그림'을 막 끝낸 듯 쉬고 있다.

亂樹中間一草家 柴門深處有秋花
幽人獨倚烏皮几* 寫了靑山山日斜
〈過謙齋鄭公幽居〉

저 유명한 화가 겸재 정선! 그를 방문했을 때는, 마침 한 폭의 그림
을 끝내고, 깊숙이 안석에 안겨 쉬고 있는 참이었다. '청산에 저녁 해
가 비껴 있는 그림!' 그의 도록에는 빠져 있는 일화逸畵다. 어느 누구
의 집에 잠자고 있을까? 아니면, 아주 인멸되고 말았을까?

● 오피궤烏皮几 | 검은 가죽으로 만든 안석案席.

주거니 받거니

서화담과 황진이

—

내 맘은 미인을 좇아 진작 떠나버렸는데,
텅텅 빈 몸뚱이만이 문에 기대 서 있다오.
―화담

나귀가 짐 무겁다 투덜거려 쌓더니만
그럼 그렇지! 한 사람 넋이 덧실려 있었군요.
―진이

心逐紅粧去 身空徒倚門 ―花潭

驢嗔疑我重 添載一人魂 ―眞伊

    이는 안정복安鼎福의 《삼여만록三餘漫錄》에 실려 있는 서화담과 황진이의 증답시贈答詩다. 일찍이 황진이가 화담 서경덕 선생의 학덕을 흠모하여, 대학大學(경서의 하나)을 끼고 문하에 들어가, 열흘 동안 글을 배우면서, 온갖 교태로 선생을 시험해보았으나, 끝내 사제의 분수를 지켜 제자를 더럽히려 하지 않았다는, 진이 자신의 고백은, 진작부터 세간에 유명해졌거니와, 한번은 진이가 나귀를 타고 선생 문전을 지나는데, 선생이 장난삼아, 1·2구를 불렀더니, 진이는 응구첩대로 3·4구를 불러, 한 수의 오언절구를 완성시켰다는 이야기로, 황진이가 지닌 시재의 민첩함이 과연 이와 같았다는 일화다. 유몽인柳夢寅의 《어우야담於于野談》에는, 전반은 익명이요, 후반은 황진이로 기록되어 있으니, 모르거니와 이는 화담 선생에 대한 배려에서가 아니었을런지?

* 위의 시조는 '양장시조兩章時調'의 형식이다. 일찍이 시조의 대가 노산鷺山 이은상李殷相 시인이 역설했던 바대로, 시조 삼장이 오히려 너무 길다며, 양장시조로도 단상斷想을 담기에는 충분하다며, 시험한 바 있었는데, 위의 형식은 그 양장시조 두 수로 된 연시조聯時調인 셈이다.

바람 앞 연꽃인 양

최해

—

맑은 아침 목욕 끝에 거울 앞에 하늘대는*
타고난 그대로의 천연의 예쁨이야
몸단장하기 이전의 맨얼굴 맨몸일레!

清晨纔罷浴 臨鏡力下持
天然無限美 總在未粧時
〈風荷〉

  막 목욕을 끝내고, 아직 화장도 단장도 하지 않은, 맨얼굴 맨몸의 천
연 그대로의 여체미! 연꽃에 비겨 기린, 미인찬 美人讚이다.

● 하늘대다 | 스스로 몸을 가누지 못하여 하느작거리는 연약한 모양.

연밥을 던지다가

허난설헌

—

맑은 호수 연꽃 속에 조각배 멈춰놓고,
물 저편 지나는 님께 연밥 알 던지다가
남에게 들키고 말아 한나절 내 무안했네.

秋淨長湖碧玉流 荷花深處繫蘭舟
隔水逢郎投蓮子 遙被人知半日羞
〈采蓮曲〉

　　연밥을 따다 문득 보니, 물 건너 저편 길을 가고 있는 이가, 바로 그
님이 아닌가? 무심코 연밥 한 알을 획 던진다. "나 여기 있네요!" 하는
신호였으나, 아무 반응이 없자, 또 한 알 던진다. 하필이면 이때 멀리
있는 제 3의 눈에 들키고 말 줄이야! 부정한 여인으로 지목될 것을 생
각하면, 한나절 내내 얼굴이 화끈거려 어찌할 줄을 몰랐다.

대동강의 뱃놀이

고경명
—

도화수桃花水 맑은 물에 뱃노래도 질탕하다.
미녀의 부축받아 취하던 일 잊힐소냐?
강바람 가벼이 치니 선막船幕에도 물결 인다.

桃花晴浪席邊多 搖蕩蘭舟送棹歌
醉倚紅粧應下忘 小風輕颺幕生波
〈浿江樓舡題詠〉

　춘삼월 복사꽃 떠내려오는 대동강에 그림배(畫舫)를 띄워, 친구들과
의 주연에 기녀들의 부축을 받으며 질탕히 놀던 그 한때가 잊혀지지
않는 것이다. 이 또한 정지상의 〈임 실은 대동강 물(大同江)〉에 나오는
'多·歌·波' 차운으로, '막생파幕生波'의 끝구가 인상적이다. 봄바람에
이는 것은, 강에 이는 물결만이 아니라, 선실을 두른 휘장에도 자잘한
삶의 무늬처럼, 은은한 파문波紋이 일고 있음을 이름이다.

거슬러 배 젓느라

이달

—

올몽졸몽 연밥 따며 노래하던 저 큰애기*
못 어귀서 만나자던 올 때 약속 지키려고
거슬러 배를 젓느라 애깨나 먹고 있네.**

蓮葉參差蓮子多 蓮花相間女郎歌
來時約伴橫搪口 辛苦移舟逆上波
〈採蓮曲次大同樓船韻〉

　　저녁 돌아올 때는 못 어귀에서 만나자고 하던 총각과의 약속을 떠
올리며, 물살을 거슬러 배를 젓느라 꽤나 애를 먹고 있는 처녀다. 속
내를 알고 지켜보고 있는 시인의 눈에 비친 큰애기의 저 정도의 노고
쯤이야 오히려 약과라 싶다. 슬그머니 부러워지는 감미로운 노고勞苦!

● 큰애기 | 다 큰 애기. 곧 처녀를 완곡하게 이르는, 정겨운 고유어다.
●● 애깨나 먹고 있네 | 그저 한두 개가 아닌, 꽤나 많은 양의 애를 먹고 있다는 뜻.

봄빛이 몇 날이랴?

설장수

—

봄빛이 몇 날이랴? 복사꽃이 활짝 폈다.
넘노는 나비 한 쌍 무심히 지나가다,
꽃잎에 입 맞추고는 날아갔단 다시 오네.

下知春色深多少 祇見桃花欄漫開
遊蝶一雙無意緒 愛花飛去却飛來
〈卽興〉

　봄은 사랑의 계절! 나비가 꽃을 사랑하듯, 인간은 이 봄에 사랑을 터득하여, 인간을 사랑하고 만물을 사랑함으로써, 사랑이 봄 햇살처럼 천지에 가득 넘치게 된다면, 그 얼마나 살맛 나랴?

귀양 가는 친구를 보내며

정중원

—

나이는 예순여덟, 귀양길은 삼천 리!
"한 술이라도 더 떠 몸 보전 잊지 말게."
임별에 그대의 친구 천천자* 당부하네.

行年六十八 謫路三千里

臨別祝加餐** 故人喘喘子

〈送趙承旨德隣謫鍾城〉

승지 조덕린이 함경도 종성으로 귀양 가는 이별 길에 준 시다.

● 천천자喘喘子 | 정중원의 호. 숨이 차서 헐떡헐떡하는 사람이란 뜻으로, 자신을
   비꼰 자호自號다.
●● 가찬加餐 | 입맛이 없더라도 한 숟가락이라도 억지로 더 떠, 후일을 위하여 몸
   을 보전하라는, 불행에 빠진 사람에게 격려로 관용되는 말이다.

대동강 배 안에서

이만용

—

퉁소 소리 목이 메고 빈 강엔 산그늘인데,
아득히 멀어져가는 외로운 배 놓칠세라
어느 뉘 날 보내놓고 다락에 올라 기댔는고?

簫管凝情水下流 半江斜日半江愁
孤舟自向超超去 送我何人更依樓
〈大同江舟中作〉

　산그늘이 내려 강에도 이미 어둠이 깔려드는데, 나루터에서 날 보
내놓고는, 다시 다락 위로 올라가, 내 배를 놓칠세라, 난간에 기대어
멀리 가물가물 사라질 때까지 지켜보고 있을 그는 누구인고? 물으나
마나 바로 의중의 그가 아니랴? 이쪽에서도 그 다락 가물가물 사라질
때까지 보내는 정 떠나는 정은 아프게 이어지며 서로 시선을 떼지 못
한다. 배도 다락도 나비만큼 모기만큼 작아지다가 마침내 불티처럼
사라져버릴 때까지—.

친구를 떠나보내며

박순

—

어쩌면 그대 탄 말 멈추게 한단 말고?
시름인 양 푸른 산도 거의가 석양일다.
엄나무 꽃 뚝뚝 지고 부슬비도 내리는데….

王程那得駐征騑 愁外靑山幾夕暉
金馬古城相送處 刺桐花落雨霏霏
〈礪山郡別行思上人〉

말안장에 올라탄 임별臨別의 장면이다. 이에 앞서 이미 그를 만류하는 수천어數千語가 허비됐을 것을 짐작케 하는 나머지다. 사람의 고집 꺾을 수 없으니, 말을 못 가게 할 수는 없을 것인가? 끝내 만류하고 싶은 마음! 이리도 간절함이다. 더구나 이별 중에서도 석양 이별만큼 서러움이 더 없거늘, 하물며 꽃도 뚝뚝 지고, 비도 부슬거리는 저물어가는 길을 떠나보냄에 있어서랴?

이별이란 진한 정과 정을 모질게 동강내어 피 흐르게 하는, 차마 아프고도 쓰라리는 작업인 것을—!

석양도 이글이글

정민교

—

노두路頭에 서로 보내는 그 마음 어떠하리?
말 세우고 목이 메여 말 못하는 이별 장면
석양도 쏟아붓는 듯 이글이글 정을 달구네.

柴門相送別 此意正如何

立馬遲遲語 斜陽照亦多

〈別叔氏歸路口占〉

    두 사람의 안타까운 이별 장면을, 지는 해도 느꺼운 듯, 집중 조명하여, 차마 떨어지지 못하는 정을 화닥화닥 달구어, 한결 더 애달프게 하고 있다.

우리 님 떠나신 후론

이가환

—

나루엔 예로부터 이별이 잦았기에
뱃노래의 태반은 이별의 노래라네.
우리 님 떠난 후로는 강엔 나날 풍파도 많다.

長堤終古解携多 一半離歌雜櫂歌

自是征人輕遠別 江中日日足風波

〈又次多字韻〉

　날마다 거칠게 이는 풍파! 그것은 강에서보단 잠재울 수 없는 가슴
속의 풍파이리라.

● 정지상의 〈임 실은 대동강 물(大同江)〉 '多·歌·波' 차운次韻이다.

임은 아니 돌아오고

허난설헌

—

제비는 쌍쌍 날고 어지러이 꽃은 지네.
이 몸은 눈 빠지게 봄을 앓고 있건마는
강남도 풀 푸르련만 임은 아니 돌아오네.

燕掠斜簷 兩兩飛 落花撩亂拍羅衣
洞房極目傷春意 草綠江南人未歸
〈寄夫江舍讀書〉

강남에도 풀은 푸르러 봄도 다 가고 있는 줄을, 거기서 글공부하고
있는 낭군도 모를 리 없으련만, 어찌해 이 애달픈 기다림을 모른 척
돌아오질 않는단 말인고?

헤픈 풋사랑

정포

—

지새는 등불 아래 빛바랜 화장 얼굴
떠난다 말 못한 채 뜰 한녘에 내려서니
지는 달 살구꽃 그늘 옷에 가득 얼룩지네.

伍更燈燭照殘粧 欲話別離先斷腸
落月半庭椎戶出 杏花疎影滿衣裳
〈梁州客館別情人〉

　정들자 이별인 헤픈 풋사랑 저질러놓고, 부질없이 마음 아파하는
쓸쓸한 뒷맛! 혼곤히 잠들어 있는 빛바랜 화장 얼굴을 들여다보며, 차
마 가노라 말 못한 채 뜰에 나와 서니, 반 뜰을 적시고 있는 지는 달빛
에, 옷에 뚝뚝 떨어지는 살구꽃 성긴 그늘도 분 자국인 양 자신의 온
몸도 얼룩져 있는, 떨떠름한 인생 행각! 차마 떠나지 못한 채, 인정人情
비정非情 사이에서 머뭇거리며, 오도 가도 못하고, 얼빠진 장승처럼 서
있는 자화상이다.

취중에 보내놓고

도용진
―

해도 설핏한데 보내려니 마음 아파
권커니 잣거니 취중에 보내놓고,
술 깨니 그 배는 멀고 강 버들만 푸르러….

一抹斜陽裏 難堪惆悵情
酒醒人已遠 江柳獨靑靑
〈送別〉

　차마 맨 마음으로는 보낼 수 없어, 취중에 엄벙덤벙 통 큰 체 보내
놓고, 잠 깨고 술 깨고 나니, 그 배는 이미 멀리 사라져, 천지가 휑뎅그
렁 다 비었는데, 가지 꺾어줬던 그 버드나무만이 아무 일도 없었던 양
홀로 청청 시치미를 떼고 있을 뿐이다.

손끝에 남은 향기

새벽바람

석장인

—

한 잎 꽃 휘날려도 봄빛이 축나거니
담 너머로 축대 위로 수를 놓아쌓더니만,
어쩌다 거미줄에 걸려 거꾸로도 매달렸나?

찬비 흩뿌림도 견디기 어렵거니,
어쩔거나! 저 미친 새벽바람 어쩔거나?
이 심사 붙일 곳 없어 오경伍更 등하燈下에 잔을 든다.

一枝飄 一點春色減*
隣墙鳥砌半成繡 蛛絲倒掛香
下堪寒雨酒 其奈曉風狂
何處寄怊悵 殘燈伍夜觸
〈落花〉

미친 새벽바람이, 이 세상 꽃이란 꽃을 산산이 흩날리며 봄을 절단

* '일지표一枝飄 일점춘색감일一點春色減'은 두보杜甫의 '한 조각 꽃이 져도 봄은 그만큼 축나거늘 / 만 조각 흩날리니 진정 날 시름케 하네(一片花飛減却春 風飄萬點正愁人)'의 점화點化라 할 만하다.

내고 있으니, 아! 어이할거나! 마음 달랠 길 바이없어, 지새는 등불 아래 홀로 술잔을 기울이고 있다는, 당신은 도대체 그 뉘길래, 이리도 한 세상 시심을 불태우다 갔느뇨?

밤에 우는 까마귀

신흠

—

하룻밤이 한 해인 듯 까마귀도 잠 못 이뤄
까옥까옥 우는 소리 내 가슴에 부리어라!
이별의 한스러움인 양 우수수 밤꽃이 지네.

夜如何其夜如年 鳥啼樹頭人未眠
一聲兩聲復三聲 鳥本無心人有情
下恨鳥啼恨離別 桂楹愁看花化雪
〈烏夜啼〉*

    잠 못 이루는 지루한 밤, 까마귀도 잠들지 못하고 우짖는 소리, 그도 이별의 한에 겨운 듯, 그 우는 소리 가슴에 파고드는 듯, 사무치게 느껴진다. 바깥은 칠흑 같은 어둠 속인데, 흰 꽃들이 눈처럼 운명처럼 우수수 어지럽게 떨어지고 있다. 이별! 밤낮 어디 없이 서러운 이별은 저렇게들 이루어지고 있는 것이려니….

● 오야제烏夜啼 | 남녀간 이별을 주제로 한 옛 악부樂府의 노래.

기다림의 현장

버들은 푸르건만

최기남

—

임께서 손수 심은 창밖의 저 버들은
이미 저리도 자라 아름답게 푸르건만
어이해 그 오랜 세월 그 님은 못 오시나?

婀娜綺窓柳 昔時郎自栽
柳帶己堪綠 長年郎下廻
〈巵體〉

임께서 손수 심은 저 버들은 저리도 훤칠히 크게 자라, 치런치런 푸
른 실가지들이 봄바람에 나부끼건만, 임은 그 햇수 내내 돌아올 줄 모
르시다니? 기다리는 애탐이 봄을 맞아 더욱 간절하니, 못 돌아오는 그
사연이 애달프기만 하다.

어이할거나! 이 청춘을

설요

—

골 깊어 괴괴한데 그리운 인 안 보이네.
풀꽃 향기로와 마음 이리 설렘이여!
순결히 살자 했건만 아, 어이할거나! 이 청춘을 —

化雲心兮思淑貞　洞寂滅兮下見人
瑤草芳兮思芬蒕　將奈何兮青春
〈全唐時, 返俗謠〉

　한평생 순결을 지켜 비구니로 살자 맹세하고 중이 되었건만, 나이
가 참에 따라 아련히 눈을 뜨는 그리운 마음. 본 일도 없으면서도, 보
면 알 것도 같은 '한 사람', 사바의 어디에선가 그도 나를 찾아 헤매고
있을 듯한, 나의 반신半身 같은 그 '한 사람'이 이리도 애타게 그리워짐
을 달랠 길이 없다. 사바에의 향수요, 이성에의 그리움이다. 위험 수위
의 춘정春情을 감당하지 못해하는 방년 21세의 가련한 여승의 파계 직
전의 몸부림이요, 몸살이며, 생리生理의 항거요 반란이기도 하다.

임은 아니 오고

이정구

—

봄바람에 실버들도 몸부림치는 다릿목의,
꽃보라 질펀한 꿈 같은 이 물가엔
오늘도 임 아니 오고 하루해는 저무네.

搖蕩春風楊柳枝　畫橋西畔夕陽時
飛花搖亂春如夢　惆悵芳洲人未歸
〈柳枝詞〉

　변심한 봄바람이 광풍이 되어 꽃이란 꽃 천 점 만 점 마구 휘날려,
눈보라 치듯 꽃보라 자욱이 날리고, 숱 많은 여인네 머리채 같은 수양
버들 실가지를 마구 흔들어 요동을 치면, 가슴 가슴의 그리움도 몸부
림을 치게 된다. 강남 가신 우리 님이 이 봄에는 오시려나? 종일토록
물가에서 기다렸건만, 임 실은 배는 오지 않은 채 헛되이 하루해만 지
고 있는 것이다. 아! 어쩌나 해는 지는데….

가랑잎 구르는 소리

윤정기
―

공산에 비 뿌린 뒤 별빛 아래 초가 하나
가랑잎 구르는 소리 그이인가 여기고서
후닥닥 창을 열치니 뜰엔 가득 달이어라!

空山疎雨過 茅屋對寒星
風葉期人跡 開窓月滿庭
〈卽事〉

그리운 이가 있으면 마음은 매양 그리로 쏠리게 마련이다. 바람에 낙엽 구르는 소리를 신발 소리로 알고, 황망히 창을 열고 내다보는 거기, 거기 임은 없고 달만 한마당 가득 밝아 있는 것이 아닌가? 아, 이 허전함! 이 아쉬움! 이 야속함…!

다음 시조도 같은 의경이다.

마음이 어린* 후니 하는 일이 다 어리다.
만중萬重 운산雲山에 어느 님 오리마는,

● 어리다 | 어리석다.

지는 잎 부는 바람에 행여 권가 하노라!
―서경덕

설월雪月이 만정滿庭한데 바람아 부지 마라.
예리성** 아닌 줄을 판연히 알건마는
그립고 아쉬운 마음에 행여 권가 하노라.
―작자 미상

●● 예리성曳履聲 | 신발 끄는 소리.

손끝에 남은 향기

깊으나 깊은 정을

이옥봉

—

깊은 정 부칠 길 없고 말하려니 부끄럽다.
내 소식 임 묻거든 부디 일러나 주오.
"그 화장 빛바랜 채로 누樓에 기대섰더라"고—

深情容易寄 欲說更含差
若問香閨信 殘粧*獨倚樓
〈離怨〉

'가슴 깊이 간직하고 있는 임 향한 그리운 정'. 그것이 무슨 보석 같은 물건이라면, 인편에 부처 보낼 수도 있으련만, 물건이 아니기에 부칠 길이 바이없고, 말로써 이러니저러니 하려니 도리어 부끄러워, 차라리 입을 다물어버리고 만다. 그래 차라리 인편에 당부나 해둔다. 만일 임께서 내 소식 묻거들랑, 이렇게 전해달라고—.

"그날 이별 후로는, 빛바랜 그 화장 그대로 몸단장도 아니하고, 날마다 누에 올라 난간에 기대서서, 이마에 손을 얹고 먼 길목 지켜보며, 이제나 저제나 임 오시기만을 기다리고 있더라"고 말이다.

> ● 잔장殘粧 | 전일에 했던 빛바랜 화장. '잔장독의루殘粧獨倚樓'에 압축되어 있는, 이 애달프고도 은근한 긴긴 사연을 곰곰이 음미해볼 것이다.

죽지사

이근수
—

당신을 나루에서 떠나보냈기에
당신 생각나면 나루터로 나옵니다.
밀물은 돌아오건만 당신은 안 오네요….

送君遠向渡頭去 憶君時向渡頭來
人情下似東流水 日日潮回君未回
〈竹枝詞〉

    임 그리움이 화둑화둑 닳아오를 땐, 어디다 마음 붙일 곳이 없다. 이
럴 때 그윽이 키는 곳, 딱 한 군데가 있으니, 그를 떠나보내던 그 나루
터다. 설움에 겨워 서로 평평 눈물 쏟으며 헤어지던 그 나루터! 썰물
탄 배가 쏜살같이 떠나던 그 썰물은 나날이 밀물 되어 돌아오건만, 임
은 감감 소식이 없다. 그러나 그도 차마 날 두고 못 떠나하던, 당시의
이별 현장을 재확인함으로써도, 임의 신뢰를 새로 다짐하는 양, 적이
위안이 되곤 하는 것이다. 임도 언젠가는 조수처럼 슬며시 밀물 타고
돌아와주시려니…. 마음을 가라앉힌다.

하늘엔 달도 밝다

신익성 比婢
―

지는 잎은 바람 앞에 억울하다 중얼대고
찬 꽃은 비 온 뒤에 뚝뚝 눈물짓네.
애타게 그리워지는 이 밤 서천西天엔 달도 밝다.

落葉風前語 寒花雨後啼
相思今夜夢 月白小樓西
〈懷人〉

　가을바람에 떨어지는 나뭇잎은 차마 억울하다 불평을 늘어놓는 듯,
밤비 스쳐간 뒤의 국화꽃도 눈물짓는 이 밤, 왜 이리도 그리워지는가?
우리 님이―. 왜 이리도 기다려지는가? 우리 님이―. 이슥한 밤 달도
저리 밝은데, 어이 이리도 무심한가? 우리 님은―.

간절한 그리움

술이야 없을까마는

박규수

一

산중에 비바람 이리도 치는 밤엔
그리움! 그 무엇으로 달랠 수 있단 말고?
한잔 술 없을까마는 가눌 수가 없구나!

山中風雨夕 何以慰相思
非無一樽酒 怊悵難重持
〈送李元常歸報恩〉

친구를 보낸 그리움이다. 비바람 치는 밤엔 그 그리운 심사 더욱 간
절하여 달랠 길이 바이없다. 어찌 술이야 없을까마는, 혼자서 기울이
는 쓸쓸한 독작獨酌, 들면 들수록 그와의 대작對酌이 더욱 아쉬워짐을
어이하랴?

손끝에 남은 향기

이제현

—

수양버들 시냇가에 비단 빨래 하노라니
흰 말 탄 선비님이 손잡으며 정을 주네.
손끝에 남은 향기야 차마 어이 씻으리?

浣紗溪上傍垂柳 執手論心白馬郎
縱有連簷三月雨 指頭何忍洗餘香
〈小藥府　濟危寶〉

　　손끝에 배어 있는 정겨운 선비님의 향기로운 체취! 그 향내가 아무
리 진하기로서니, 굳이 씻고자 한다면야, 봄철의 처마물(초가집 짚 썩은 잿
물)과 같은 좋은 세제가 없는 바도 아니니, 못 씻을 것도 없지마는, 차
마 잊혀지지 않는 그 연연한 그리움을 지워버리고 싶지 않은 것이다.
부정不貞한 사련邪戀에 대한 윤리적 죄책감과, 차마 잊을 수 없는 연연
한 그 그리움과의, 갈등과 방황과 고뇌를 토로吐露한, 한 여인의 진솔
대담한 고백이다. 이 노래는 고려가사의 하나인데, 이제현의 한역시
로만 전하는 것을, 다시 우리의 현대어로 복원해본 것이다.

기다리다 지쳐

양사언 소실
—

사립 차마 못 닫는 채, 길목 지켜 기다릴 제,
밤이슬에 비단옷이 촉촉이 젖어드네.
양산관 꽃밭 속에서 꽃에 홀려 못 오시나?

恨望長途下掩扉 夜深風露濕羅衣
楊山館裏花千樹 日日看花歸未歸
〈寄情〉

　‘양산관楊山館’은 남편의 성을 따서 조작한, 가상假想의 기루妓樓다. 어
느 기생집 논다니들 속에 파묻혀, 날마다 유락에 빠져, 돌아가야지 가
야지 하면서도 헤어나지 못하고 있는 것이 아니랴? 돌아옴이 늦어질
수록 손으로는 온갖 요사스러운 의심이 움터난다. 남편이 자신에게
베풀던 그런 온갖 애정 표시를 저들에게 베풀며, 저들에게 나의 정을
옮겨다 심고 있을 것이 틀림없다. 가시 돋친 질투의 망상, 의부증이
돋아나고 있는 것이다.

한 눈썹 초승달마저

양사언 소실
—

오동잎 뚝뚝 지고 기러기도 굼뜬 이 밤,
문설주에 기댔으나 임도 잠도 안 오는데,
한 눈썹 초승달마저 아득히 지고 마네.

西風摵摵動梧枝 碧落冥冥鴈去遲
斜倚綠窓仍不寐 一眉新月下西池
〈閨怨〉

문설주에 기대서서, 오늘은 오시려나 내다보고 있노라니, 가을바람에 오동잎은 우수수 지는데, 기다림에 지친 마음이라, 어두운 하늘을 날고 있는 기러기의 날갯짓도 느리게만 느껴진다. 이윽고 오직 하나 위안이던 눈썹 같은 초승달마저 수평 아래로 아득히 지고 만다. 잠도 임도 아니 오는, 달 없는 이 남은 밤은 또 어이할거니?

꿈에서 깨어나

김삼의당

—

뜰에 가득 달은 밝고 새벽까지 잠 못 들 제,
억지로 이불 쓰고 꿈에라도 보렸더니,
간신히 임 곁에 닿자 놀라 깨고 말다니?

夜色超超近伍更 滿庭秋月正分明
凭衾强做相思夢 才到郎邊却自驚
〈夜深詞〉

　꿈의 허망함에 실심한 듯, 자다 말고 일어나 넋 놓고 멍하니 앉아
있는 한밤중의 그리운 심사!
　아무리 양갓집 요조한 부인인들 그리움에야 어이하랴?

겉으론 멀쩡해도

이후백

—

임 없는 꽃동산에 봄빛이 깊었건만
제 몸은 저 대문 앞 버들이나 다름없어
겉으론 멀쩡해 뵈도 속은 이미 썩었다오.

白白紅紅麗日陰 空園春色等閒深
妾身只似門前柳 眉樣雖新已朽心
〈閨怨〉

 아리따운 해 그늘에 흰 꽃 붉은 꽃들 피어 흐드러져, 임 없는 빈 동
산의 봄빛이 깊을 대로 깊었건만, 꼭 함께 있어, 함께 누려야 할, 그 임
이 없음에야, 그 봄빛 해서 무엇하리? 이러구러 상심되어 지지리 썩은
간장 스스로도 가여워라!

주렴도 안 걷은 채

이매창
—

얼룩진 화장으로 주렴도 안 걷은 채,
새소리 요란한 속 상사곡 뜯고 나니
꽃 지는 봄바람 타고 제비 한 쌍 비꼈어라!

竹院春深鳥語多　殘粧含淚倦窓紗
瑤琴彈罷相思曲　花落東風燕子斜
〈春怨〉

　눈물에 젖은 얼룩진 화장 그대로, 사랑을 조잘대는 요란한 새소리
의 주렴도 걷지 않은 채, 임 그리는 노래 상사곡 한 곡조를 거문고를
뜯고 나서, 문을 열치니, 덧없이 가는 봄바람에 제비 한 쌍 낙화랑 둥
실 하늘을 비끼 날고 있다. 그리워 애만 태우던 그 봄도 가는 가운데,
그 이별 없는 제비 한 쌍의 다정함이 새삼 부럽기만 하다.

애타게 우는 두견이

허균

—

피 흐르는 몸을 날려 나무 나무 옮다니며
'촉'은 높고 '도'는 낮게 돌아감만 못하다고
밤 내내 '촉도…', '촉도…' 애타게도 울어라!

流血翻身樹樹移 前聲乍亮後聲低
萬事不如歸去好 隔窓終夜盡情啼
〈聽杜鵑用盡眉鳥韻〉

　　두견이 울음을 의성擬聲하여, 자고로 촉도촉도귀촉도불여귀蜀道蜀道
歸蜀道不如歸(촉나랏길 촉나랏길 촉나랏길로 돌아가고지고, 돌아감만 같지 못하니, 아니 돌아가
진 못하리라). 이렇게 늘 '돌아가지 못하는 촉나랏길'에 원한을 뇌고 있
는 것이라 한다. 그 우는 가락은, 앞소리인 '촉'은 높은 가락으로 짧게,
뒷소리인 '도'는 낮은 가락으로 길게 "촉도… 촉도…" 한에 겨워 지친
목소리로 밤새도록 울고 있다는 것이다.

출정군인의 아내

정몽주

—

한번 이별 오랜 햇수 안부인들 어이 알료?
오늘에야 핫옷 갖고 찾아간 그 아이는
눈물로 당신 보내던 그때 들어선 우리 애라오!

一別多年消息稀 塞垣存沒有誰知
今朝始寄寒衣去 泣送歸時在腹兒
〈征夫怨〉

　국경 수비군으로 신혼에 끌려간 남편, 소식 없는 지도 오래됐으니, 생사인들 어찌 알랴마는, 한결같이 받들어오는 살아 있는 남편이매, 겨울옷 한 벌, 이제 갓 철난 아들에게 짊어지여 변경으로 떠나보낼 제, 만감의 첩첩한 사연을 어이 다 적으리오? 다만 28자의 짧은 시구에 부쳐, 옷 가지고 가는 그 아이가 이별 당시 태중에 생긴 우리 아이임을 밝혀만 둔다.
　태중의 아이가 성인이 되기까지, 생사도 모르는 채, 변경에 방치되는 가혹한 징병제도를 우회적으로 고발한 시이기도 하다.

사람은 가고 정만 남아

홍산주

—

문득 들려오는 구름 밖 외기러기!
그 옛날 임이 떠난 그 아픈 빈자리에
어찌타! 사람은 가고 정만 여태 남았던고?

出門悄延佇 雲外斷鴻聲
如何曾別處 人去但留情
〈贈別〉

　　대문 밖 황혼 속에 우두커니 서 있노라니, 끼룩끼룩 아득히 울며 가
던 외기러기 소리가 문득 구름 밖에서 뚝 끊어진다. 다음 소리, 그 다
음 소리들을, 그 박자 속에서 기다려보아도 감감 무소식, 영영 끊어지
고 만 것이다. 아! 어쩌랴? 불현듯 그 님이 생각난다. 간절하고도 애달
프게 생각나는, 이 그리움! 한번 간 님 소식 없고, 그때 그 아픈 가슴
도 이제는 다 아물었는 줄 알았더니, 그게 아니었구나. 아! 어쩌면 사
람은 가고, 그 아픈 빈자리에 정만 여태 남아 있었을 줄이야!

벽오동에 우는 매미

이형

—

이미 가을을 품은 한마당 벽오동 잎
석양에 주렴 걷으면 매미들 목메어 울어
끝없이 일깨워주는 그 옛 님의 그리움이여!

葉葉枝枝早識秋 滿庭碧意上簾鉤
斜陽盡處蟬聲咽 喚起離人無限愁
〈碧梧桐〉

　　초가을 석양 무렵에 쓰르람쓰르람 숨 가쁘게 울어대는 쓰르라미들
의 우짖는 소리! 끝없는 되풀이의 다그치듯 오열嗚咽하는 그 소리는,
잠자고 있던 옛 님 생각을 일깨워서는 당시의 이별 슬픔을 천야만야
로 돋우어 새삼 가슴을 미어지게 하고 있다.

양류사

안필기

—

실버들 천 올 만 올 봄소식을 알려오니
사람들 이르기를 넋을 녹이는 나무라나!
그 옛 님 말 매던 가지도 치런치런 하여라!

楊柳千絲復萬絲 入春洋息最先知
傍人但道銷魂樹 不惜當年繫馬枝
〈楊柳詞〉

천 올 만 올 올올이 나부끼며 봄소식을 가장 먼저 알려주는, 수양버들의 연둣빛 부드러운 실가지들의 몸짓에, 사람들은 넋이 나간 듯, 스스로 마음 가누지를 못하게 된다. 그 옛날 우리 님이 타고 온 말을 매어두던, 그 '말 매던 가지'도, 치런치런 실실이 휘날리니, 임 여의던 당시 생각에 애간장이 녹아나는 듯하다.

무설대사에게

김제안

―

옳으니 그르니 말도 많은 세상을 숨어
지는 꽃 우는 새 봄바람 부는 속의
그 어느 청산에 홀로 사립문을 닫았는고?

世事紛紛是與非 十年塵土汚人衣
落化鳥啼春風裏 何處靑山獨掩扉
〈寄無說大師〉

　　홀연 종적을 감추어버린 무설대사! 그는 지금 어느 곳 청산에 세상
을 등지고, 홀로 숨어 살고 있을런가? 작자도 이 난장판 같은 여말麗
末의 정계를 떠나, 그런 물외物外의 세계로 훌쩍 떠나버리고 싶은 마음
간절한 것이다.

백옥봉을 찾아

행사行思스님

—

그리운 님 소식 몰라 하늘 끝 해남촌을
홀로 터덜터덜 찾아가긴 간다마는
어느 곳 저녁볕 아래 사립문을 닫았는고?

相思人在海南村 消息天涯久未聞

今日獨尋芳草路 夕陽何處掩柴門

〈海南訪玉峰〉

백옥봉이 그리워 찾아가고 있는 행사스님! 스님이 찾아오고 있음을
알 리 없는 백옥봉! 해남 어느 곳의 저녁볕 아래 사립문을 닫고, 세간
과의 인연을 끊은 채, 높이 누워 있을 것인고?

회고의 정

송도를 지나며

이만배
—

헌 성곽엔 찬 연기요, 빈 다락엔 초승달!
말 세우고 가을 풀을 시름하고 있노라니
흥망을 내 알 바이랴? 물은 절로 흘러라!

寒煙繞舊郭 新月入虛樓
駐馬傷秋草 興亡水自流
〈暮過松都門樓〉

   오백 년을 떵떵거리던 서울, 이제는 쓸쓸한 폐허! 폐허에 우거진 서리 맞은 가을 풀에 가슴 아파하고 있노라니, 흥망성쇠 따위 인간의 애환이야 내 알 바 아니라는 듯, 강물은 그저 묵묵히 만고를 느물느물 흐르고 있을 뿐이다. 인간과 자연, 수유와 영원의 대비다.

송도 남루에 올라

권갑

—

눈달은 예런듯 흰데 고려를 우는 찬 종소리!
남루에 호올로 시름겨워 섰노라니
무너진 성곽 사이로 서려오르는 저녁연기!

雪月前朝色 寒鐘故國聲
南樓愁獨立 殘郭暮煙生
〈松都懷古〉

　눈에 비친 달빛은 예런듯 밝고, 종소리는 옛 나라를 통곡하는 듯, 이지러진 성곽 처처의 민가에서는, 시름인 양 한숨인 양, 하염없이 서려오르는 저녁연기! 보이는 것 들리는 것 그 모두가, 인세 흥망의 허망함을 일러주고 있을 따름이다.

송악산 감도는 물

변중량

—

송악산 느직 감아 물이 돌아나가는 곳,
허다한 붉은 대문 푸른 이끼로 닫혔다만,
봄 오니 어디라 없이 살구꽃은 활짝 폈네!

松山繚繞水縈回 多少朱門盡綠苔
唯有東風吹雨過 城南城北杏花開
〈松山〉

  권세를 부리던 고관대작의 붉은 대문에는, 드나드는 사람 없어 푸른
이끼로 닫혀만 있다마는, 강물은 그 옛날처럼 유유히 흐르고, 봄 되니
어디라 없이 꽃은 활짝 피어, 허무한 폐허의 흔적을 지우고 있다.
  같은 회고의 정(懷古之情)이면서도, 한결 긍정적인 달관의 경지를 보
여주고 있다.

저물어가는 백마강

이명한

―

옛 자취 아물아물 산도 물도 저무는데,
용도 죽고 꽃도 진 건 그 옛날 일인 것을
뜬 인생 부질없어라! 오늘 일인 양 가슴 앓네.

何處高臺何處樓 暮山疊疊水西流
龍亡花落他時事 漫有浮生不盡愁
〈白馬江〉

　백마강에 용도 죽고, 낙화암에 미녀 꽃이 무수히 지던, 백제 최후의
날! 그것은 이미 천 년 전의 일인 것을, 어쩌자고 덧없는 한 인생이,
오늘의 일인 것처럼 시름하고 있단 말인가? '백 년도 못 사는 인생, 언
제나 천 년의 시름을 품고 있음(人生不滿百 常懷千載憂―古詩)'이 이를 두고
이름이던가?

　서호西湖의 명기 취선翠仙의 시는 한결 현실적이다.

　　저물어 배를 대고 갈바람에 누에 오르니,
　　용 없이도 비구름은 만고에 서려나고

꽃들 진 낙화암에도 천추에 달은 밝다!

晩泊皐蘭寺 西風獨倚樓
龍亡雲萬古 花落月千秋
〈龍亡花落〉

청산은 말이 없고

김상용

—

새 풀은 이드르르 강남 강북 봄빛인 제,
시름겨워 배에 올라 백마강으로 저어오니,
청산은 묵묵 말이 없고 새들만 괜히 운다.

江南江北草萋萋 滿目春光客意迷
愁上木蘭尋古迹 靑山無語鳥空啼
〈錦江〉

백마강은 금강 하류의 별칭이다. 백제의 고도 부여에 이르렀건만,
새들만 공연히 우짖을 뿐, 백제 최후의 그날을 청산이야 알고 있으련
만 말이 없다.

도도하게 흐르는 '세월의 큰 강물'은, 흥망성쇠의 자취를 하나하나
지우면서, 금강 물 위를 질펀히 덮어 흐르고 있을 뿐이다.

탄금대를 지나다가

이소한

—

비 뿌리는 탄금대를 구름이랑 지나다가
임들 넋에 한 잔 치고 패인을 물었건만
저무는 산 말이 없고… 물은 마냥 흐느끼고….

片雲飛雨過琴臺 招得忠魂酹酒回
欲問當時成敗事 暮山無語水聲哀
〈彈琴臺〉

탄금대는 임진왜란 때 신립 장군이 배수진을 치고 싸우다, 전세 불리하여 장졸이 몰사한 옛 싸움터다. 그날, 그 말없던 최후! 지나가는 구름도 천추의 한을 조상하듯, 후두둑후두둑 비를 뿌리는 탄금대! 돌아갈 길 없는 무수한 원혼들께 술 한잔 뿌려 위로하고, 그 당시의 패인을 물어보지만, 저물어가는 산은 말이 없고, 물도 여울여울 목메어 흐느낄 뿐, 대답을 주지 않는다.

손끝에 남은 향기

취적원에서

이수광

—

일찍이 이곳에서 거나한 몸 공산에 기대
한바탕 피리 가락 석양에 불었던 일,
필마로 이제 와보니 십 년 전 일이어라!

曾將一笛院前吹 醉依空山落日時
匹馬偶來尋往事 淡烟芳草十年思
〈吹笛院〉*

　젊었던 어느 날 거나한 김에, 나그네 되어 떠나는 쓸쓸한 심사를 해
거름의 피리 가락에 부쳐 마음껏 흐느꼈던 일, 그도 이미 십 년 전의
일이 아닌가? 세월의 덧없음이 새삼 저려온다.

● 취적원吹笛院 | 개성 동쪽 취적봉 아래 있었던, 천수원天壽院의 별명이다. 원이란
각지로 통하는 교통의 요처에 베푼 길손의 숙소로서, 배웅이나 마중이 잦은 곳이다.

연민 무상

꽃과 달

허종
—

뜰에 가득 꽃과 달 깁창에 비치더니
꽃도 달도 덧없이 날리고 기울었네.
달이야 내일 밤도 다시 보련만, 어이할거나 지는 꽃
이여!

滿庭花月寫窓紗 花易隨風月易斜
明月固應明夜又 十分愁思屬殘花
〈夜坐卽事〉

'꽃이야 내년 봄 다시 보련만, 어이할거나 가는 님이여!'
의미상 후속되어 있는, 무언의 이 한 구를 마저 읽을 것이다.

연못의 한 쌍 오리

김홍서

—

작은 연못에 오리 한 쌍 목욕한다.
내 저들의 '강호의 뜻'을 가엾게 여기나니,
봄 물결 한없이 넓음을 저들은 모르놋다!

一畝方塘不屬官 雙鳧自在浴微寒

憐渠便作江湖意 不識春波萬頃寬

〈一畝〉

저들은 원래 강호의 넓은 뜻을 유전으로 타고났건만, 우물 안 개구
리처럼 저 작은 연못이 다인 양, 그 좁은 곳에서 구차하게 놀고 있는
양이 가엾다. 큰 포부를 지녔던 자신의 오늘날 이 꼴인 양, 자신에 대
한 연민의 정의 이입移入이기도 하다.

잔디는 우북한데

박제가

—

봄꽃은 이미 지고 잔디는 우북한데,
예로부터 이곳에는 고운 넋들 깃들였네.
사내들 정겨운 말이야 어이 한이 있었으랴?

春城花落碧莎齊 終古芳魂此地棲
何限人間情勝語 死猶求溺浣紗溪*
〈嬋娟洞〉**

　여기 묻혀 있는 수많은 고운 넋들! 그녀들 주변에 모여들던 많은 사
내들! 모두가 한결같이 달콤한 정겨운 말들로 그녀들을 애무하면서
그의 처지를 위로했으리라. 예컨대 "완사계 물에 빠진 서시 같은 너를
내 반드시 건져내고야 말리라"는 둥, 그러나 끝내 말만으로, 그녀들은
종신 기적妓籍에서 벗어나지 못했으니 안타까운 일이 아니고 무엇이
랴? 문사들이 저마다 한마디씩 한 '선연동'을 다음에 몇 편 차려본다.

● 완사계浣紗溪 | 중국의 미인 서시西施가 비단 빨래를 하던 시내 이름.
●● 선연동嬋娟洞 | 평양 칠성문 밖에 있는 기생들의 공동묘지.

풀은 비단치마

이덕무

—

풀은 비단치마, 분 향기 그윽한 무덤,
지금의 색시들아! 예쁘다 자랑 마라.
이 속에 그대 같은 이 수없이 있었네라.

嬋娟洞草賽羅裙 剩粉遺香暗古墳
現在紅娘休酌艶 此中無數舊如君
〈嬋娟洞〉

　얼굴 이쁘다 자랑 마라. 얼굴 예쁘기로야 이 무덤 속 주인공들이었
지마는, 끝내 불행했으니, 스스로 예쁘다 자홀自惚말고, 모름지기 요조
窈窕한 덕을 길러, 군자의 좋은 짝이 되도록 힘쓸 것이라는, 좋은 뜻으
로 풀어본다.

비 됐다 구름 됐다

권필
—

해마다 봄이 오면 꽃은 새 얼굴 풀은 비단치마
수많은 고운 넋들 흩어지지 아니하고
오늘에 이르러서도 비 됐다 구름 됐다….

年年春色到荒墳 花似新粧草似裙
無限芳魂飛不散 至今爲雨更爲雲
〈嬋娟洞〉

봄이 되면 꽃은 새 단장한 그녀의 얼굴인 양 아름답고, 풀은 그녀의
푸른 비단치마인 양 화사하다. 무산신녀巫山神女처럼 아침에는 구름 되
고 저녁이면 비 되는 운우지정雲雨之情*이 오늘날에도 이 선연동에는
자욱이 서려 있는 듯하다.

● 운우지정雲雨之情 | 남녀간의 육체적으로 어울리는 사랑.

손끝에 남은 향기

비 내리는 가을밤

이하진
—

고깃배 밤비에 껌벅이고 갈대꽃 썰렁한데,
술병이랑 쓰러진 친구 낭자한 밤 정자에,
하늘 밖 외기러기의 기나긴 여음이여!

江雨蕭蕭夜未央 漁燈明滅荻花凉
小亭人與甁俱臥 天外歸鴻意獨長
〈雨夜〉

　　가을비 내리는 쓸쓸한 밤 정자에, 함께 마시던 친구는 빈 술병이랑
함께 쓰러져 자고 있다. 낚싯배엔 등불이 껌벅껌벅, 강변에 우거져 있
는 갈대꽃도 썰렁해 보이는 싸늘한 밤이다. 아득히 하늘 밖으로 돌아
가고 있는 외기러기의 끼룩끼룩 단조로운 소리가, 끊어질 듯, 끊어질
듯, 이어져가고 있다. 소리는 이미 청역聽域 밖으로 사라졌건만, 관성
에 따른 그 여음餘音은 상금도 그 간격을 두고 이어져가는 듯 들려오
고 있는 것이다.

옛 친구를 만나

이정

—

젊은 시절 조정에서 만나던 그 얼굴을
어찌 알았으랴? 해외에서 만날 줄을!
피난길 호호백발을 서로 마음 아파하네.

少日朝中面 何知海外逢
共憐雙鬢髮 白盡亂離中
〈客中贈舊友〉

    젊었을 때 벼슬하여 조정에서 만나던 옛 친구를, 난리를 만난 피난길 해외에서, 어쩌면 공교롭게도 이리 덜컥 만나게 될 줄이야! 이 뜻밖의 해후에 서로 감격해하면서도, 이미 하얗게 되어버린 백발을 서로의 거울인 양 바라보면서, 자타를 가엾어하고 있는 정황이다.

비에 젖는 복사꽃

이행진

—

묻노라 복사꽃아! "보슬비 속 왜 우느냐?"
"우리 주인 병을 앓아누운 지 오래이매
봄바람 웃으라지만 차마 웃지 못합네다."

爲問桃花泣 如何細雨中
主人多病久 無意笑春風
〈病中詠桃〉

    기다리던 봄은 왔건만 봄을 누려보지도 못한 채, 병석에만 누워 있
는 처지라, 봄바람은 웃으라 간질이지만 오히려 울고 싶은 심정인데,
때마침 봄비에 젖어 뚝뚝 물방울을 지우고 있는 창밖의 복사꽃과의
문답에서, 저 꽃이야말로 자기 심정의 대변자, 아니 오히려 충직한 시
병자侍病者임을 발견하고는 적이 위안을 느끼는 작자이다. 병중이면서
도 이런 고운 상념에 잠기기도 하는 이고 보면, 병도 쉬 물러나려니,
분발하시라.

원앙의 꿈속 향기

정희교

―

헌함軒檻엔 서늘바람, 못엔 가득 연꽃과 달!
어쩌랴, 가을 이슬에 저 꽃들 시들고 나면
원앙의 꿈속 향기도 줄어들까 시름일다.

水檻風來夏亦凉 滿池荷月正蒼蒼
只愁白露凋紅粉 減却鴛鴦夢裏香
〈海州芙蓉堂〉

흰 이슬 내려 저 연꽃이 시든다면, 연꽃에 곁들이어 잠자고 있는 암수
원앙의 저 평화로운 꿈속의 향기도 줄어들지나 않을까 걱정스럽다!
남의 행복을 아끼는 마음! 그것은 이미 인애仁愛의 마음이며 평화를
갈망하는 마음이다. 하물며 미물에까지 미치는 그 마음임에랴?

애써 얽은 저 거미줄

남병철
—

애써 넘나들며 얽어놓은 저 거미줄
가을 들며 모기 파리 점차로 줄어드니
어쩌랴? 배부른 날은 적고 허기질 날 많겠구나!

屋角墙頭設網羅 辛勤跨脚織成窠
秋來稍稍蚊蠅少 充腹無多費腹多
〈蜘蛛〉

거미가 그물 쳐놓고 곤충 걸려들기를 기다리는 것도, 천생으로 부여된 생활 수단이요, 더 크게는 해충의 과다를 견제하는, 천지 만물의 균형 이법理法의 한 현상이나, 인간에 춘궁기春窮期가 있듯 저들은 바야흐로 추궁기秋窮期를 맞아, 허기지는 나날을 보내고 있으니, 가엾기 그지없다.

거미줄에 대해서는 윤증의 시도 일독할 만하다.

하늘을 가로질러 거미란 놈 그물 쳤다.
너 이 철부지들 잠자리는 들으렷다.

앞 처마 언저리로는 얼씬도 하지 마라.

蜘蛛結網罟 橫截下與上
戒爾蜻蜒子 愼勿簷前向
〈蜘蛛網〉

 그러나 보기에 따라서는 얄미운 일면이 없지 않다. 더구나 왕눈이
벌거숭이 철부지인 잠자리들이 걸려드는 일은 차마 볼 수 없기에, 미
리 위험지구를 일러주고 있는 것이다.

지는 꽃을 어이리

오경화

—

술 대하니 흘러간 세월 백발이 서럽구나!
산새도 저무는 봄 "애달파라! 애달파라!"
온 목청 우짖어댄들 지는 꽃을 어이리.

對酒還憐白髮多 年光如水不停波
山鳥傷春春已暮 百般啼奈落花何
〈對酒有感〉

　물 흐르듯 흘러가버린 청춘, 잔 잡고 스스로 가여워하는 백발! 갖가
지 산새들의 갖가지 목청으로 '애달파라! 애달파라!' 목메어 우짖어
도, 아랑곳하지 않는 변심한 봄바람은, 꽃이란 꽃 모조리 흩날리며 매
정스러이 봄을 거두어가고 있는 것이다.

연민 무상   129

낙화 한마당

이개

—

배꽃 활짝 피어 한낮이 어둑한 뜰
조심성 없이 나는 저 무정한 꾀꼬리 녀석
탐스런 꽃가질 털쳐* 눈 내리듯 낙화 한 마당!

院落深深春晝淸 梨花開遍正冥冥
鶯兒儘是無情思 掠過繁枝雪一庭
〈梨花〉

　　대낮인데도 꽃그늘로 하여 어둑어둑한 뜰에는 꾀꼬리가 가지를 옮
아다니는 서슬에 (날아오를 때의 날갯바람과 가지에 주는 충격으로) 꽃잎이 마구 떨
어진다고 꾀꼬리를 탓해본다. 그저 해보는 소리다. 아니라도 제물에
뚝뚝 허물어져 내리는 꽃인 것을―. 그 녀석인들 안타깝기야 매 마찬
가지가 아니랴? 눈 내리듯 떨어지는 낙화 한 마당! 장쾌한 한 장면의
비애미悲哀美!

　● 털치다 | 털다(붙어 있는 것을 떨어지게 하다)의 힘줌말.

꽃은 피고 지고

오수

—

임 만나던 그날에는 꽃도 활짝 피었더니
임 이별하고 나니 쓸은 듯 꽃도 졌네.
꽃이야 끝없으련만 이 몸은 늙어만 가네.

거울 속 얼굴빛은 돌아오지 못하는데,
꽃은 봄바람에 이렇듯 다시 왔네.
언제나 임 만나 길이 꽃 아래 취해보나?

玉人逢時花正開　玉人別後花如掃
花開花落無了期　使我朱顔日成耄
顔色難從鏡裏回　春風還向花枝到
安得相逢勿寂寞　與子花前長醉倒
〈有所思〉

　꽃은 피고 지고, 지고 피고…. 사람은 헛되이 늙어만 가고, 임은 돌
아오지 않으니, 애달프기만 한 봄이여!

오다 가는 봄

송한필

—

지난 밤 밤비에 꽃은 피기 시작터니
오늘 아침 바람결에 꽃은 지고 마는구나!
가엾다! 한 해의 봄이 비바람 속에 오다 가네.

花開昨夜雨 花落今朝風

可憐一春事 往來風雨中

〈偶吟〉

　미처 다 피지도 못한 채 떨구어지는 꽃! 오는 듯 가버리는 봄! 미처
누려볼 겨를도 없이, 세파世波에 골몰하다 덧없이 가버린 한 인생에의
탄식인 양도 하다.

꽃샘바람

현기

—

어제 피다 오늘 지니 봄빛도 덧없어라!
피지 않았던들 지는 일은 없었을 것을—
봄바람 원망은 않고 꽃샘바람 원망하네.

今日殘花昨日紅 十分春色九分空
若無開處應無落 不怨東風怨信風
〈春盡日〉

    변심한 봄바람을 규탄하고 있다. 제가 피워놓은 꽃이건만, 너무 예
뻐 샘이 나서, 제 손으로 망가뜨리고 마는 꽃샘바람의 얄미운 소행!
같은 봄바람이건만, 변심한 봄바람은 만인의 규탄을 제 어이 면하리?
태어나지 않았던들 죽는 일도 없었을 것을, 공연히 태어났다 덧없이
죽고 마는 귀동자마냥, 아, 지는 꽃의 애달픔이여!

꽃이 피고 꽃이 짐은

이기
—

필 땐 비, 질 땐 바람, 며칠이나 붉었던고?
꽃이 피고 꽃이 짐은 제 일 제가 하는 것을
바람은 웬 허물이며 비는 무슨 공일런고?

開時有雨落時風 看得桃花幾日紅
自是桃花身上事 風曾何罪雨何功
〈桃花〉

　이는 송한필宋翰弼의 〈오다 가는 봄(偶吟)〉(132p)에 대한 반론으로 보이
기도 한다.

뜰에 선 한 나무 꽃이

신흥섬

—

솔 처마에 해는 길고 새소리도 수다터니,
끝없이 내리던 지난밤 시내 비에
뜰에 선 한 나무 꽃이 다 떨어지고 말았구나!

短短疏籬山下家 松簷遲日鳥聲多
無端昨夜前溪雨 落盡閒庭一樹花
〈暮春〉

    산기슭 소나무 배경의 초가삼간! 봄이라 해도 길어진 하루 내내, 뜰에선 꽃나무 가지마다 오롱조롱 산새들의 꽃노래 사랑노래가 그칠 나위 없더니, 끝없이 내리던 지난 밤비에, 한 나무의 꽃은 말끔히 떨어지고, 새소리도 적적해졌다.
    한때 찬란하던 봄은 이렇게 덧없이 끝나고 만 것이다.

놀빛으로 물든 매화

조위

―

달빛 속 매화 향기 그림자도 비꼈더니,
천연의 흰 옥빛이 공연히 싫었던가?
봄바람 하룻밤 사이 놀빛으로 물들었네.

夢覺瑤臺踏月華 香魂脈脈影橫斜
似嫌玉色天然白 一夜東風染彩霞
〈題紅梅畵簇〉

　홍매화 족자에 화제畵題로 쓴 글이다. 흰 옥빛의 백매白梅에 싫증이
난 봄바람이, 하룻밤 사이에 홍매화로 변신시켜놓은, 변덕스러운 봄
바람의 요술인 듯도 해라!

봄은 저물고

김정

—

강남 설핏한 꿈 한낮이 고요한데,
시름은 꽃을 따라 날로 더해지네.
쌍제비 오자 봄은 저물어 보슬비에 살구꽃 주렴에 지네.

江南殘夢晝厭厭 愁逐年芳日日添
雙燕來時春欲暮 杏花微雨下重簾
〈江南〉

춘몽春夢 한 자락 설핏이 깨어나자, 한낮의 정적은 새삼 낯설고, 쌍
제비 날자 외로운 봄시름! 지는 꽃에 하롱하롱 그지없어라!

꽃 활짝 달 둥근 때를

권벽

—

꽃 활짝 피었을 젠 달은 못 둥글더니
둥근 달 밝고 나니 꽃은 하마 지고 없네!
꽃 활짝 달 둥근 때를 어느 제나 보련고?

花正開時月未圓 月輪明後已花殘
可憐世事皆如此 安得繁花對月看
〈對月惜花〉

　'술 익자 꽃이 피자 달이 뜨자 임이 온다.' 이렇게 연때가 척척 맞아
주는 일이란, 우합偶合의 경우를 제외한다면, 일생에 몇 번이나 있어주
랴? 세상 모든 일이란, 대개의 경우 이처럼 서로 때가 어긋나게 마련
이어서, 사람들은 그 불우不遇함을 한탄하곤 한다.

꽃향기 따라

임억령

—

마지막 꽃비를 맞으며 봄을 보내고 돌아오는 길,
맑은 그 향기 여태 소매에 가득하더니,
무수한 산벌들 잉잉거리며 멀리도 따라왔구나!

古寺門前又送春 殘花隨雨點衣頻
歸來滿袖淸香在 無數山蜂遠趁人
〈示子芳〉

　산벌도 가는 봄이 아쉬워, 소매에 남아 있는 꽃향기 따라 이리도 멀리 날 따라왔다가, 빈손으로 허전히 되돌아갈 그들이 안쓰러운 것이다.

바람에 지는 꽃을

조지겸

—

바람에 지는 꽃을 가엾어 세다 보니,
새 한 마리 가지 끝에 서럽다 울고 있고,
산벌은 꽃잎을 안고 담 너머로 날아간다.

向晚桃花不耐風 空堦坐數墮殘紅
一鳥枝頭啼未了 山蜂抱過小墻東
〈落花〉

지는 꽃이 하 애달파, 한 잎 또 한 잎 세어보고 있노라니, 산새는 저도 서럽다는 듯 가지 끝에 울어쌓고, 산벌은 그 한 잎을 물고 제 집으로 가져가더라는 내용이다. 미물도 꽃을 아끼는 마음은 사람이나 다름없음을 확인하게 된 통심정通心情의 경지다. 통심정의 경지! 그것은 자연에 대한 이해의 폭과 우정의 폭이 넓어진, 물아일체의 혼연한 경지다.
　다음 시도 그런 마음으로 읽어볼 만하다.

늙고 병이 드니

유찬홍

—

늙고 병이 드니 느꺼움도 하고많다.
봄 보내는 서운한 맘 저랑 같음 알아선지
산새도 진종일 울며 함께 있자 만류하네.

老病偏多感 佳辰又送春
幽禽如會意 終日語留人
〈送春〉

　봄을 보내는 서운한 마음이야 산새나 사람이나 무엇이 다르랴? 이
렇게 서운할 때는 서로 같은 마음끼리 의지라도 하자는 듯, 산새는 진
종일 저랑 같이 있자며 날 달래느라 수다를 떨고 있다. 이를 내 마음
의 반향反響인 감정이입으로만 볼 것이 아니라, 자연 친화의, 한 단계
높은 차원에서 이해할 수 있었으면 싶다.

찬비는 대숲에 목이 메고

정철

—

찬비는 한밤 내 대숲에 목이 메고
풀벌레는 가을이라 침상 머리 울어댄다.
그 뉘라 가는 세월 멈추며 느는 백발 막으리?

寒雨夜鳴竹 草蟲秋近床
流年那可住 白髮不禁長
〈雨夜〉

    늙음을 한탄하는 통속적인 시상이다. 기발한 시상 아니면 붓을 잡
지 않는 송강이건만, 너무나 심각한 신변의 진실 앞에서는, 별 수 없
이 통속에 고분고분할 수밖에 없었던가 보다.

낮잠에서 깨어나

서거정

—

발 그림자 어른어른 가늘게 흔들리며
연꽃 향기 무덕무덕 연신 풍겨 들오는데,
선잠 깬 외로운 베갯머리, 오동잎 빗소리의 다그침이여!

簾影依依轉 荷香續續來
夢回孤枕上 桐葉雨聲催
〈睡起〉

　낮잠에서 부스스 깨어난다. 오동잎에 확성擴聲되는 저 요란한 빗소
리 때문이었으리라. 새 비 맞고 피어나는 연꽃 향기가 무덕무덕 잇달
아 들어오고 있다. 그 바람에 발 그림자도 저리 가늘게 흔들리고 있는
것이리라. 빗발이 더욱 거세진다. 세월을 몰아가듯, 인생을 다그치듯,
남은 생애가 쫓기는 듯 다급해진다.

정한

전사한 군인 아내

권필
—

서리 기러기 남으로 나는 북쪽 변방 싸움터에,
낭군 이미 죽은 줄을 아내는 알 리 없어
밤새워 도드락 도드락 다듬질을 하는고!

交河霜落雁南飛 九月金城未解圍
征婦不知郞已沒 夜深猶自擣寒衣
〈征婦怨〉

　　이미 백골이 된 낭군의 소식을 듣지 못한 채, 겨울옷 지어 보내리라,
저리도 밤새도록 다듬이질하고 있는 아내의 가엾음이여!
　　호전자好戰者를 저주하는 염전시厭戰詩이기도 하다.

하늘 밖 들려오는 다듬이소리

최경창

—

땅엔 가득 가을바람, 외론 성엔 한 조각달!
뉘 집 아낙인고? 도드락 도드락 소리….
도드락 내리칠 때마다 내 마음은 아파라!

서리 잎 우수수 깊어만 가는 이 밤,
내 고향은 아득한 하늘 저 밖인데,
하늘 밖 들리어오는 도드락 도드락 소리!

誰家搗紈杵 一下一傷情

滿地秋風起 孤城片月明

凄淸動霜葉 寂寞入寒更

征客關山遠 能聽空外聲

〈搗紈〉

    객창에 잠 못 이루고 등잔 아래 듣는 다듬이소리! 그것은 어느덧
'뉘 집 아낙'이 아니라, 다름 아닌 내 고향 내 아내의 다듬이소리….
아니, 내 아내의 속삭이는 만단정회萬端情懷인 듯, 또는 끝없이 쏟아놓
는 사무친 원정怨情인 듯, 그 소리 마디마디가 곧바로 폐부로 파고드는

듯, 마음이 아파온다. 다듬이소리를 읊은 명작이 많은 가운데, 당 시인 백낙천白樂天의 〈다듬이소리〉를 시조 가락으로 한번 옮겨본다.

뉘 집 아낙인고? 임께 부칠 옷 짓느라
바람 불고 달 밝은 밤 다듬이소리 애처롭다.
팔구월 기나 긴 밤을 천 도드락 만 도드락….

천 도드락 만 도드락 밤이랑 이어가니
한 도드락 칠 때마다 내 머리 한 카락씩
아마도 날샐 녘이면 하얗게 다 셌겠다.

誰家思婦秋擣帛 月白風淸砧杵悲
八月九月正長夜 千聲萬聲無了時
應到天明頭盡白 一聲添得一莖絲
〈聞夜砧〉

손끝에 남은 향기

한밤중의 다듬이질

김극검

—

겨울옷 부치려야 부칠 길도 없는 채로,
헛되이 도드락 도드락 한밤중 다듬이질
이 몸도 등잔불 같아 눈물 다하자 심心이 타네.

未授三冬服 空催半夜砧
銀釭還似妾 淚盡却燒心
〈閨情〉

　기름이 다 닳고 나면 심지 자체가 마지막으로 타듯, 창자가 타고 있
는 극한의 정황이다.

답답한 가슴을 치듯

실명失名 여자
—

비 온 뒤의 서늘바람 처마엔 달 밝은데,
귀뚜라미 울어쌓는 한밤 내 골방에선
답답한 가슴을 치듯 방망이질 끝이 없다.

雨後涼風玉簟秋 一輪明月掛樓頭
洞房終夜寒蛩響 擣盡中膓萬斛愁
〈愁思〉

답답한 하고한 심사 풀 길이 없어, 주먹으로 가슴을 치고 치듯, 방망
이로 치고 치고 거듭 치며, 이 밤을 새우고 있는, 가엾은 여심女心이여!

손끝에 남은 향기

이웃집 다듬이소리

정학연

―

무슨 일 밤새도록 도드락 도드락
팔목이 시도록 못 쉬는 이웃 소리
저 소리 내 집관 달라 마음 한결 쓰이어라!

何事丁東到曉頭 敎渠酸腕未能休
隣砧不與家砧別 偏向隣砧一段愁
〈秋砧〉

　다듬이소리란, 규중閨中의 심기心氣를 장외로 방송하는 유일한 매체
이기도 하여, 귀를 갖춘 사람이면, 능히 그 소리의 고저장단에서, 주인
공의 애락哀樂의 감정을 읽을 수도 있을 것 같다. 사랑방 글 읽는 소리
에 가락 맞추듯, 평온한 호흡이 서린 도도락陶陶樂 도도락陶陶樂(즐거워라!
즐거워라!)의 가락과, 출정出征한 남편의 겨울옷을 다듬는 애달픈 심사의
도도락搗搗落 도도락搗搗落(어쩔거나! 어쩔거나!)의 전후 두 가락은 같은 소리
같으나 울림이 다르다. 안채에서 들려오는 전자의 소리와, 이웃집에
서 들려오는 후자의 소리가 너무나 상반되어, 이웃 아낙의 가엾은 심
사에 무한 동정이 쏠리는 것을 어찌할 수가 없다.

그리던 님 꿈에 만나

성효원

—

그리던 님 꿈에 만나 여윈 얼굴 서로 보다
깨고 나니 이 몸이야 다락 위에 있다마는,
빈 강엔 바람 사납고 산에는 달이 지네.

情裏佳人夢裏逢 相看憔悴舊形容
覺來身在高樓上 風打空江月隱峯
〈院樓記夢〉

이 시의 자초지종은 경위만 서술했을 뿐, 시적 감동은 오히려 무언
무문無言無文의 언외구言外句에 있다 할 것이다. 후속될 언외구를 풀어
보자.

먼먼 길 날 만나러 왔다가, 어찌하여 말 한 마디 나누지 못한 채, 그
리도 훌쩍 떠나야 했던고? 깨어보니 나는 오히려 다락 위에 편안히
누워 있다만, 이렇게 바람 차고 달도 지는 어두운 밤, 아직도 돌아가
는 길에 골몰하고 있을, 애처롭고도 안쓰러운, 그 님의 뒷모습이 사뭇
눈에 밟히어, 한없이 마음이 아리어옴을 어찌할 수가 없구나!

이별은 어디 없어

권벽
—

뜬세상엔 기쁨 슬픔 뒤바뀜이 예사롭고,
걸핏하면 만남 이별 잇따르기 일쑤라네.
어찌타, 견우직녀도 만나자 이별인걸!

浮世紛紛樂與悲 人生聚散動相隨
莫言天上渾無事 會合俄時又別離
〈七夕偶書〉

    인간 세상에는 기쁨과 슬픔이 뒤바뀌기 일쑤여서, 웃음 끝에 눈물이기 쉽고, 만남과 이별도 걸핏하면 순식간에 서로 뒤바뀌어, 만나자 이별인 경우가 많다. 천상 세계에서야 설마 했건만, 보라! 견우직녀도 만나자 이내 헤어지지 않던가? 이별의 야속함은 천상천하 다름없네.

손자에 부축되어

이달

—

흰둥이 누렁이는 앞서거니 뒤서거니,
묘사 마친 할아버지 손자에 부축되어,
해 저문 밭둑길 따라 비틀비틀 돌아가네.

白犬前行黃犬隨 野田草際塚纍纍
老翁祭罷田間道 日暮醉歸扶小兒
〈祭塚謠〉

아들의 무덤에 어린 손자를 데리고 가, 묘사를 지내고 돌아오는 길
이다. 제주祭酒 한 병을 다 마시고, 손자 부축을 받으면서 지之 자 걸음
으로 돌아오고 있다. 집에서는 청상과부 있어 울 수조차 없었던, 그
쌓이고 쌓인 통곡! 이날 얼마나 땅을 치며 치며 울었던 것이랴?

분하고 억울한 한에 겨워, 소나기 묻어오듯 무데무데 덮쳐오는 통
곡으로 저리도 허탈해진 비틀걸음!

앞서거니 뒤서거니 희희덕거리는 두 견공犬公의 등장은, 비극에 곁
들인 어릿광대 역으로, 애이불비哀而不悲의 대범을 보이는 한편, 희비극
이 공존하는 세태의 일면을 극명하게 보여줌이기도 하다.

임란 후 고향에 돌아와서

장현광
—

고향 생각 못 견디어 전나귀 채쳐 천 리를 왔네.
철은 옛날인 양 봄빛 가득하다마는
마을은 인기척 없는 폐허일 뿐이어라!

산하엔 비바람, 해달도 막혔던 터라,
번화턴 옛 자취는 여지없이 다 찢기어
천지의 개벽 당초가 이랬을까 싶구나!

不堪鄕國戀 千里策蹇驢

節古春光滿 人消境落虛

山河風雨後 日月悔塞餘

剝盡繁華跡 渾如開闢初

〈亂後歸故山〉

임진왜란 칠 년을 치르고 난 고향의 몰골이다. 봄이라 꽃은 예나 같고 산천도 퍼렇게 초목은 무성하다마는, 사람 없는 빈 마을은 그저 적막하기만 하다. 집도 세간도 다 부서졌으니, 고향이라 돌아와도 몸 붙일 데가 없다. 앞으로 몇 사람이나 살아 돌아올 것이랴? 저 몹쓸 침략

자여! 호전자여! 영원히 저주받을진저! 영원히, 영원히….

밤에 내린 풍성한 눈

손병하

—

문 열자 그득한 눈! 환호하다 탄식한다.
아! 어쩌면 저것으로 솜과 쌀이 되게 하여
천하의 가난한 이들 등 따습고 배불리 한담?

夜來白雪滿豊均 開戶歡呀仍歎貧
安得化爲綿與米 飽溫天下飢寒人
〈夜雪〉

　밤사이 몰래 내려, 온 누리에 가득 쌓여 있는 눈! 문을 열자 일시에 넘쳐나는 벅찬 풍만감에 '야…!' 한마디, 환호성을 지르다가는, 이내 가난을 탄식하는 깊은 한숨으로 바뀌고 만다. 솜도 같고 쌀도 같은 착각에서 놓여나는 순간, 현실의 가난이 상대적으로 더욱 한숨 겹게 하기 때문이다. 어쩌면 저것으로 진짜 솜과 진짜 쌀이 되게 하여, 온 세상의 춥고 배고픈 사람들로 하여금, 따뜻하게 입게 하고, 배불리 먹게 할 수 있단 말이냐? 어쩌면 그렇게 할 수 있을 것인가? 어찌하여 그렇게는 아니 된단 말인가? 부럽고도 애석할 뿐, 필경 이룰 수 없는 애달픈 그 마음이다.
　당시의 가난하던 민정民情이 오죽했으면, 순간적이나마 그런 환상에 들게 되기도 했던 것일까? 이는 평소 가슴에 덧쌓여 있던, 도탄에 든 민생에 대한 연민지정憐憫之情의 무의식적 발로라 할 것이다. 그의 다음 한 수도 같은 의경이라 할 수 있다.

> 밤사이 쌓인 눈에 문 열자 감탄하네.
> 소금이요 쌀이던들 천하에 주린 이 없을 것이요,
> 비단이요 솜이던들 세상에 추운 이 어이 있으리?

> 開戶驚歡歎 夜來雪滿坤
> 若是皆鹽米 天下無飢民
> 如或眞綿帛 世豈有寒人

한자 수수께끼에 '등 따습고 배부른 자는 무슨 자?' 하면, '예도 예禮' 하고 대답한다. '禮'의 속자俗字는 '옷 의 변衤'에 '풍년 풍豐'을 했으므로, 등에는 옷이요, 배에는 풍년이 들었으니 그럴 수밖에…. 그래서 '의식은 백성의 근본(衣食民之本)'이며, '의식이 족해야 예절을 알게 된다(衣食足而知禮節)'고 했다.

고삐 매여 울고 있는 소

정내교
—

힘을 다하여 비탈 밭 갈고 나선,
나무에 고삐 매여 외로이 울고 있네.
어쩌면 개갈*을 만나 이 억울함을 호소할꼬?

盡力山田後 孤鳴野樹根

何由逢介葛 道汝腹中言

〈老牛〉

   한평생 낮은 신분 탓으로, 소처럼 부림을 당하고, 늙어서도 그 멍에
못 벗어나는 모순된 사회제도를 고발한 작품이다.

  '소가 된 이야기' 하나 들어보시라.

      두멧길 헤매던 길손 불빛 따라 찾아든 집
      호호한 영감 하나 탕건 뜨다 반기더래.
      맞는지 써보라면서 덮어 씌자 소가 됐대.

  ● 개갈介葛 | 소의 말에 능했다는, 전설 시대 개국介國의 임금.

코뚜레에 굴레 씌워 고삐 잡혀 매였더래.
'사람 살류' 외칠수록 '음메음메'뿐이더래.
날 새자 장에 끌려가 서푼 값에 팔렸더래.

(1996, 필자 지음)

  세상엔 소 된 사람 그 얼마나 많았으며, 지금도 소인 사람 그 얼마
나 많을런가? 모략 음모의 올가미에 옭혀든 무실의 죄인은 얼마이며,
가혹한 담금질로 지져 만든 죄인은 얼마였던고? 보다 더 억울키는, 태
어나자마자 숙명적으로 덮씌워진 미천한 신분의 세습이다. 이들은 한
결같이 벗어나려 몸부림쳐보지만 고삐만 조여들 뿐, 하소연할 길이
없이, 소인 채로 늙는 사람, 소인 채로 죽는 사람, 그 얼마나 이 세상엔
많고도 많았으며, 지금도 그런 사람 얼마나 많을런가?

기다렸던 달이건만

홍현주
—

기다렸던 달이건만 뜨니 도로 한숨 겹다!
내게 무슨 원한 따위 있어서가 아니련만
어찌해 가을달만은 차마 볼 수 없는고?

本與月相期 見月心還歇
我自無怨情 未忍見秋月
〈月出口號〉

　가을달은 나를 슬프게 하고 있다. 공연히 마음이 젖어들며 고개가
처져 내린다. 내게 무슨 이렇다 할 원한 따위가 있어서가 아니련만—.
지금은 다 잊고 있는 지나간 한스러웠던 일들, 그것들을 무의식 속에
서 모조리 들춰내서는 명목도 없는 뭉뚱그려진 막연한 정한情恨으로
무게를 더해오는 것이리라.

　한스러운 정한이 어찌 한두 가지랴? 또한 어찌 내 일뿐이랴? 남의
이별이며 그리움, 인간이기에 져야 할 무상無常, 시중時中에 눈물지었
던 고인의 가을달도 다 무의식 속에 쌓여든 것이리라. 얼른 생각에 없
는 듯했던 '원정怨情'이, 시인의 남다른 다정다감 속에 한결 더 견디기
어려움으로 도사리고 있었던 것이 아니던가?

이화정에서

신잠

—

삼십 년 전 놀던 이곳, 다시 오니 맘 아파라!
뜰에는 옛날인 양 배꽃달이 밝았건만
당시에 노래 춤추던 이 보이지를 않아라!

此地來遊三十春 偶尋陳迹總傷神
庭前只有梨花月 不見當時歌舞人
〈醉題梨花亭〉

　삼십 년 만에 다시 와보는 이화정! 모든 것이 마음을 아프게 한다.
배꽃달은 예나 다름없건만, 그 당시 노래하며 춤추던 그 님은 이미 이
세상 사람 아니요, 나 또한 백발의 현실 앞에, 인생 일생이 이리도 허
망함에 마음 가누지 못해 할 뿐….
　영원과 수유의 대비에서 오는 허망함이다.

시름이 실이 되어

이항복

—

옛날에도 이랬다면 이 몸 어찌 견뎠으랴?
시름이 실이 되어 굽이굽이 맺혔으니
풀고자 풀고자 하나 실마리를 몰라라!

昔日苟如此 此身安可持
愁心化爲絲 曲曲還成結
欲解復欲解 不知端在處
〈解愁絲訶〉

고고이 맺힌 시름, 풀 길 없어 고심하는, 수심 타령이다. 이는《청구
영언靑丘永言》에 실려 전하는 다음 시조의 원시原詩이거나, 아니면 이 시
조의 한역시일 것이다.

옛적에 이러하면 이 형용이 남았을까?
수심이 실이 되어 굽이굽이 맺혀 있어
아무리 풀고자 하나 끝 간 데를 몰라라.
—작자 미상

복수로 불태우며

이양연

—

다리 끝에 웅크리고 볕 쪼이는 저 나그네,
헌 저고리 뒤집어서 이 잡고 있는 허리춤엔
뉘 알랴? 종이 갑 속에 비수 꽂고 있을 줄을—

橋頭負暄客* 弊襦捫蟣虱
寶刀佩誰知 糊紙以爲室
〈負暄客〉

    다리 한 끝에 볕을 쬐며, 저고리를 뒤집어 이를 잡고 있는 남루한 한 사나이, 그의 허리춤에 꽂혀 있는 건 비수 자루가 분명하다. 어떤 철천의 원한이 사무쳤기에, 오직 한 생애를 복수로 불태우며, 원수를 탐문하여 방방곡곡 돌아다니고 있는 것일까? 모발이 오싹해지는 독을 품은 한 인생!

  ● 부훤객負暄客 | 햇볕에 등을 쬐고 있는 사람.

한정 평화

백운계를 건너와서

최숙생

—

흰 구름 길벗 삼아 백운계도 건너왔네.
부디 잘 가렴! 가다가 소나기 되어,
한바탕 이 하늘땅을 깨끗이 씻어나 주렴!

白雲閒渡水 有時伴我行
好去作飛雨 一洗乾坤淸
〈白雲溪統營〉

흰 구름! 너를 길동무하여 느릿느릿 걸어오다, 이제 흰 구름 그림
자 잠긴 백운계 나루를 우리 함께 건너왔구나. 나는 이제 다 왔다만,
너의 여정은 끝이 없으리? 흰 구름이여! 부디 잘 가렴! 가다 가다 소
나기 되어, 먼지투성이 이 세상을 한바탕 속 시원히 씻어나 주려무나.
하늘도 씻고, 땅도 씻고, 사람들의 복장도 확 씻어 헹궈나 주렴!

손끝에 남은 향기

흰 구름이나 넘나들고

장태기

—

꿀벌은 잉잉대며 낮놀이*에 시끄럽고,
제비는 집짓기 바빠 뻔질나게 드나들고,
낮에도 닫힌 사립문엔 흰 구름이나 넘나들고….

蜂喧初赴衙 燕急政營巢
山扉掩淸晝 時有白雲過
〈幽居〉

   축대엔 낮놀이하는 벌들로 축제판이며, 제비들은 진흙 물어다가 집 짓기 바빠 수없이 들락거리고 있어, 다들 활기에 차 있다마는, 그러나 맑은 대낮인데도 닫힌 채의 사립문은 가끔 흰 구름이나 넘나들 뿐, 주인은 도대체 무엇을 하고 있는 것일까?

  ● 낮놀이 | 벌들이 총출동하여 벌통 주변에서 군무群舞, 난무亂舞로 낮 한때를 즐기는 일.

해도 긴 봄날

한인위

—

제비는 지지배배 꽃 피고 해도 길다.
병 많은 이 늙은인 할 일이 바이없어
보슬비 내리는 밭에 회향*을 심고 있다.

喃喃玄鳥喚春忙　花發簷前日復長
多病老身無別事　藥欄微雨種茴香
〈春日〉

　약밭에 온갖 약초를 심어 가꾸는 일, 이는 늙은이 소일거리로는 품
위도 있고, 운동도 되고, 실용實用은 말할 것도 없는, 은사隱士나 꽤 유
복한 노인네들의 심심풀이기도 하다.

● 회향 | 한약재의 한 가지인 풀 이름.

바둑판을 사이에 두고

이숭인

—

비 축축 내리는 날 바둑판을 벌였구나.
승부는 그 언제나 '이 한 수'에 달렸기에
책략이 깊어갈수록 한가롭기 그지없다.

手談相對小窓間 簷雨蕭蕭暎碧山
勝負固應關一下 機深却似十分閒
〈觀人圍棋〉

모두들 바둑을 망기사忘機事의 한일월閒日月인 양 여긴다. 그러나 바둑도 승부사勝負事이기에, 이기려면 한 수 한 수마다 깊은 책략이 연속되어야 한다. 그 노심초사의 과정이 길어질수록 겉보기로는 한가롭기 그지없다. 그래서 앞사람들은 '人閒日月長'이니 '落子亭亭下子遲'니 하여, 망우선사忘憂仙事인 양 일컬어오는 것은, 너무나 피상적인 관찰이 아니던가? 승부사란 동시에 노심사勞心事인 것을!

바둑을 망기사忘機事로 여기는 또 한 시를 아울러보자.

산비둘기 우는 집에

김수필

—

사립문 적적하고, 산길이 깊숙한데,
산비둘긴 비 오라며 뽕나무에 앉아 울고,
늙은인 버드나무 아래 바둑을 두고 있다.

臨水柴門閴寂 入雲石逕幽深
山鳩喚雨桑上 村叟圍棋柳陰
〈三溪洞〉

　　바둑을 두고 있는 늙은이의 노심勞心이야 겉으론 아랑곳없으니, 볼
품으로 비치는 여름날 산촌의 한정閒情이야 이를 데가 더 있으랴?

식후엔 산차 한 잔

취미(수초)
—

일없이 반문 열고, 바람결에 앉았자니,

제게 맞는 말 한마디 일러달라 청해온다.

"식후엔 산차 한 잔 꼭 마시라" 일러줬네.

無事臨風戶半開 有來要我便陳懷

分明示指平常趣 飯後山茶吸一盃

〈示問禪僧〉

  동문서답 같은 속에 깊숙한 뜻이 시사示唆되어 있는, 불제자와의 선문답이다. 차 한 잔 마시는 동안은 짧은 시간이지만, 그 사이의 마음가짐은 정결한 수도의 자세임을 암시해주고 있다. 청심염담淸心恬淡! 허심무욕虛心無慾!

바람은 자도 꽃은 지고

이만원

—

바람은 자도 꽃은 제물에 지고,
한 목청 꿩 울고 나서, 산은 한결 깊어지는데,
하늘은 흰 구름이랑 새고, 물은 달이랑 흐른다!

風定花猶落 鳥鳴山更幽
天共白雲曉 水和明月流
〈古意〉

   아침의 오는 소리요, 광명이 다가오는 그림자다. 만물이 순리의 질
서 앞에 순종하고 있다. 질서! 질서는 우주의 유일한 헌장이다. 작자
도 우주 질서에 흐뭇이 동화되어 있다. 참, 좋은 아침이다.

시냇가의 새 정자

이언적

—

숲에서 지저귀는 산새 소리 들으면서
새로 지은 초가 한 간 시냇가에 나앉았네.
잔 들고 달을 맞으며 흰 구름이랑 함께 산다.

喜聞幽鳥傍林啼 新構茅簷壓小溪
獨酌只邀明月伴 一間聊共白雲棲
〈溪亭〉

유거幽居하는 은사의 한정閑情이다. 새로 지은 한 칸 정자, 누구랑 함께 살며, 무엇하며 노니는가? 흰 구름과 함께 살며, 달이랑 친구하여 잔이나 들며 노니노라!

산새 한 마리

박계강

—

시구詩句는 입에 뱅뱅, 임은 온다며 아니 오고,
한가락 뜨락에는 하루해가 저무는데,
포르르 산새 한 마리 이끼 위에 내려앉네.

小詩就未就 佳人來不來
閑庭白日晚 一鳥下靑苔
〈小詩〉

입안에 뱅뱅 맴도는 새로 얻은 시구는 좀체 완성되지 아니하고, 오
겠다던 님도 아니 오고, 하루해는 저무는데, 이 어인 시도 님도 아닌,
산새 한 마리가, 이끼 낀 푸른 뜰에 사뿐 내려앉느뇨?
기다림 끝에 맛보게 된 허탈함인가? 아니다. 해거름에 찾아온 산새!
그는 바로 그의 시이기도 하고, 임이기도 할 만큼의 구원이었으리라.

불일암에서

휴정(서산대사)
—

깊은 절간 꽃은 하롱하롱, 대숲은 이내인 양,
흰 구름은 영마루에 고즈넉이 잠이 들고,
스님은 푸른 학이랑 한낮에 졸고 있다.

深院花紅雨 長林竹翠煙
白雲凝嶺宿 靑鶴伴僧眠
〈佛日庵〉

시간도 멈추어 있는 듯, 만상이 평화로움으로 가득하다.
이런 한정을 다음에 몇 수 열거해본다.

낮닭 소리

윤두수

一

비 개어 환한 집에 바람 솔솔 주렴에 일고,
한 마당 푸른 이끼 비단을 펼쳤는 듯,
정향화 꽃그늘 아래 꼬끼요오 낮닭 소리—

小閣無塵靄景明 簾波不動惠風輕
滿地綠苔如舖錦 丁香花下午鷄鳴
〈偶題〉

정향나무 꽃그늘 아래서 우는 유량한 낮닭 소리!
이 또한 무한 한정閑情의 선운仙韻이 아니고 무엇이랴?

손끝에 남은 향기

병후의 쾌감

강희맹

―

남창에 진종일 시름없이 앉았으니
기척 없는 뜰엔 멧새 새끼 포록포록
풀 향기 그윽한 속에 보슬거리는 봄비 소리.

南窓終日坐忘機 庭院無人學鳥飛

細草暗香難覓處 淡烟殘照雨霏霏

〈病餘獨吟〉

저녁놀에 보슬거리는 봄비 소리! 풀 향기 그윽한 기척 없는 뜰엔, 포로록 포로록 나는 연습을 하고 있는 멧새 새끼들이 내 손자인 양 귀엽다. 만물이 윤기를 더해가는 듯, 삶의 즐거움이 촉촉이 배어드는, 병후의 쾌감이다.

흰 구름께로 읍하며

박순

—

손수 잣 따고 감까지 곁들여서
사람은 아니 오고 물건만 보냈기에
아득히 흰 구름께로 읍*하여 사례하네.

手採海松子 楨蚪卵亦兼
物來人不到 遙謝白雲尖
〈白雲山一元上人遺以二果詩以答之 二首中一〉

　백운산 일원스님이 두 가지 과일을 보냈기에, 그 회편에 부친 사례
의 시다. 과일을 보낸 일원스님께 사례하려니, 그가 거하는 곳이 백운
산 산머리 흰 구름께 있는 절이기에, 그리로 향해 읍할 수밖에….

● 읍揖 | 마주잡은 두 손을 얼굴 앞으로 들어올리며, 허리를 굽혔다 펴는 인사 예법.

손끝에 남은 향기

저물어가는 봄

진화
—

낮에도 닫힌 사립, 이끼 푸른 축대 위엔
자욱이 지는 꽃잎 한 치는 실히 쌓인 것을
봄바람 하 심심하여 불어갔다⋯ 불어왔다⋯.

雨餘庭院簇莓苔 人靜雙扉晝不開
碧砌落花深一寸 東風吹去又吹來
〈春晚〉

　지천으로 쏟아져내리는 낙화! 인기척 없는 푸른 축대 위엔 어림잡
아 한 치는 실할 만큼 수북이 쌓인 꽃잎들을, 봄바람이 하 심심하여,
저리로 불어 불어 옮겨갔다가는, 다시 이리로 불어 불어 옮겨오곤 하
는 일을, 심심풀이하듯 되뇌고 있는 것이다.

　이규보의 〈여름 한낮〉도 같은 정황이다.

주렴 깊숙 드리운 곳 코 골아 드렁드렁
해 그림자 비낀 뜰엔 찾아오는 사람 없고,
바람에 빈 문짝만이 닫혔다가⋯ 열렸다가⋯.

簾幕深深晝影廻 幽人睡熟鼾聲雷

日斜庭院無人到 唯有風扉自闔開

〈夏日卽事〉

낚싯배의 피리 소리

정지묵
一

앞 시내 봄 물결이 칡보다 더 푸른데,
실버들 바람 가지 기슭을 채질하고,
저녁볕 피리 소리에 파랑새도 펄쩍 난다.

南溪春水碧於蘿 楊柳風絲拂岸斜

漁父一聲烟裏笛 靑禽驚起夕陽洲

〈南溪漁笛〉

   칡보다 더 푸른 봄 물결의 강변에는, 봄바람이 수양버들 실가지를
불어 언덕을 채질하며 비스듬히 비꼈는데, 석양에 들려오는 어부의
피리 소리에, 푸른 물새 한 떼가 펄쩍 놀라 날아가는 봄날의 촌경寸景
이다.

맑은 솔바람 소리

최중식

—

발길 따라 와 닿은 앞 시내 언덕에는
봄꽃들 울긋불긋 눈에 가득 넘치는데,
그중에 더 좋은 것은 '쏴아아아' 맑은 솔바람 소리!

隨意到南澗 時花滿眼紅

偏憐松樹下 諼諼有清風

〈探春〉

눈에는 꽃, 코에는 향기, 귀에는 솔바람 소리! 어찌 소리뿐이랴? 살
갗을 간질이는 봄바람의 감촉이며 감미로운 햇살! 봄은 어딜 가나 오
관伍官을 흡족케 한다. 발길에 맡겨 가는 곳 그 어디나 봄은 있어, 탄성
을 내지르게 한다.

산거락 은거락

들첨지 바쁠 것이 없어

김시모

―

눈 깊은 문 앞 시내 도봉산을 감도는데,
들첨지* 한가롬이 산사슴 한가질다.
부스스 한낮이 돼서야 숲을 나서는 산사람.

門深樓院雪　溪轉道峰陰
野老閒如鹿　日高方出林
〈郊居〉

　사람들 내왕이 없다 보니 사립문께는 아직도 눈이 수북 쌓였는데,
문 앞을 흐르고 있는 시냇물은 도봉산을 감돌 듯 구부정하게 휘어진
곳, 여기가 내 집의 위치다. 이곳에 한거閑居하고 있는 이 들첨지(野老)
는 산사슴처럼 바쁠 일이 전혀 없어, 아침이면 해가 열댓 발이나 올라
서야, 비로소 부스스 숲 바깥으로 모습을 드러낸다.

●　첨지 | 늙은이(翁).

　　　　　　　　　　　　　　　　손끝에 남은 향기

이 바람과 저 달만이

박인로
一

남 귀타는 것 귀치 않고, 남 탐내는 것 탐나지 않아,
다만 이 강산의 이 바람과 저 달만이
한평생 탐하여오는 나의 귀한 벗이어라!

不貴人所貴 不貪人所貪
江山風與月 是我百年貪
〈贈崔上舍起南詩〉

　　남들 귀타는 벼슬도 내게는 귀치 않고, 남들 탐내는 재물도 내게는
그저 호구할 만하면 족할 뿐, 내가 귀히 여겨 한평생 탐내는 것은, 다
만 아름다운 우리 강산의, 이 시원한 바람과 저 밝은 달뿐이다.

외진 곳 찾을 이 없이

이숭인

—

붉은 단풍은 마을 길을 밝혀주고
샘물을 돌 어금니를 양치질하고 있다.
외진 곳 찾을 이 없이 산기운은 황혼에 든다.

赤葉明村逕 淸泉漱石根

地偏車馬少 山氣自黃昏

〈村居〉

　　외딴 곳에 살고 있자니, 찾아올 사람 없고, 가을이라 단풍잎이 마
을 길을 밝혀주는 황혼 무렵이면, 산의 맑은 정기가 살갗으로 스며드
는 듯 느껴진다. 돌들이 아무렇게나 덜겅덜겅 서로 기대어 다져진 너
덜겅 밑의 어궁한 막장으로부터, 맑은 샘물이 콩콸거리며 소용돌이쳐
내리는 소리! 이야말로 돌 어금니를 양치질하는, 바로 그 소리가 아니
고 무엇이랴?

　　　　　　　　　　　　　　　　　　　　손끝에 남은 향기

나랑 함께 산에 온 달

이우빈
—

세상이 고요해야 달 너도 고요하고
사람도 너로 해서 한가로움 얻겠기에
도시의 시끄러움을 떠나, 너랑 함께 산에 왔네!

月從人邊靜　人亦月中閒
囂塵多城市　與爾來山間
〈山齋對月〉

　달이 아무리 밝아도 그 밝음 알아줄 이 없고, 그 뜻이 아무리 그윽
해도 그 그윽함을 함께해줄 이 없는 도시에서의 달은, 달도 보람 없이
푸대접받는 달이 되어, 그야말로 무위도공無爲度空일밖에 없다. 내가 산
에 드니 달도 산달이 되어 나랑 함께 있다. 다시 생각해보아도 산에 오
기를 잘한 우리들인 것 같아, 매양 달에 대한 흐뭇한 우정을 느낀다.

흰 구름에 분부하여

정수강

—

청산 반허리를 흰 구름이 둘렀으니
자네 찾아 가려 하나 아득한 길 어이하리?
잠시만 동문洞門 열도록 분부해두시게나!

靑山半帶白雲回 迷路何人得往來
我欲尋君林下去 須敎洞門暫時開
〈白雲〉

    은거하고 있는 친구를 찾아가고자 하나, 흰 구름이 산허리까지 둘러 골짜기 들어가는 문을 굳게 잠그고 있으니, 그 아득한 길을 내 어이 갈 수 있겠는가? 동주洞主인 자네의 분부라면 산천초목이며 부운유수浮雲流水도 고분고분할 것이니, 흰 구름에 분부하여 잠시 동문洞門을 열게 해주게나!

대곡 골짜기의 한낮

성운

—

여름 나무 장막 되어 낮에도 어둑한데,
물소리 새소리 떠들썩 고요하다.
찾을 이 이미 없건만 동문洞門 잠근 산 구름—

夏木成帷晝日昏 水聲禽語靜中喧
已知路絶無人到 猶倩山雲鎖洞門
〈大谷晝坐〉

  깊숙한 골짜기에 은거하고 있는 작자의 한정閒情이다. 떠들썩한 물
소리 새소리가 귀에 배어 오히려 고요하게 느껴지는 관청현상慣聽現象!
한 하늘 아래의 딴 세상에 살고 있는 듯 그윽하기 이를 데 없다.

푸른 산에 누워

성운

—

청산에 누워 사십 년! 시비 소리 멀리한 채
초당 봄바람에 혼자 앉아 있노라니
꽃 웃고 실버들 조는 한가로운 나의 세월!

四十年來臥碧山 是非何事到人間
小堂獨坐春風地 花笑柳眠閑又閑

〈偶吟〉

　　푸른 산에 한거閑居하여, 당쟁黨爭으로 아귀다툼하는, 그 신물 나는
소리를 듣지 않은지도 이미 사십 년! 더구나 봄이 오면 꽃은 웃고, 수
양버들은 조는 듯 나부끼는 하루하루가 그지없이 한가롭기만 하여,
조용히 독서하고 사색하며 글 쓰는 재미란 이를 데 다시없다.

은퇴한 동악에게

윤훤
—

양주에 가 누웠다니 일일이 그윽하리
큰 삿갓 하늘 가려 소 등이 포근하리
봄바람 서울 쪽이야 고개 한 번 안 돌리리—

聞君歸臥古楊州 細草長郊事事幽
大笠蔽天牛背穩 春風京洛不回頭
〈寄東岳°臺山別墅〉

    광해군의 폭정으로 벼슬을 버리고 고향인 양주로 돌아가 한가로이
지내고 있다니, 모든 일에서 그윽한 사는 맛을 느끼겠구나! 큰 삿갓
쓰고, 소 타고 다니는 유연한 맛! 봄바람이 불어도 그 지긋지긋한 서
울 쪽이야 고개 한 번 돌리지 않을 테지.

● 동악東岳 | 이안눌李安訥의 호.

산에 가 있는 마음

신흠

—

진달래 피고 제비 나는데, 거문고에 졸다 깨니
스님은 날 찾아와 세간 소식엔 입을 닫네.
내 마음 산에 가 있음 그도 알고 있음일레—

躑躅花開亂燕飛 枯梧睡罷正忘機
僧來不作人間話 知我歸心在翠微
〈次僧軸韻〉

　탁발승은 발끝에 맡겨 두루 세상을 돌아다니다, 저녁이면 큰 집 찾
아가서 하룻밤 재워주기를 청한다. 과객을 치는 집이면 거절하지 않
는다. 그들은 세상을 전하는 유일한 소식통이기 때문이다. 이곳저곳
보고들은 바를 이야기해줌으로써 시사時事는 물론, 인정 풍속을 듣는
즐거움이 있기 때문이다. 그런데 이 스님은 그런 여항閭巷의 소식을
전하려 하지 않는다. 그는 이미 내 마음이 언제나 산에 가 있음을 알
고 있기 때문이다. 티끌 세간의 아웅다웅하는 인간의 소식은 도리어
듣기 싫어하는 주인임을 잘 알고 있기 때문이다.

산과 물

위원개

—

날마다 산을 봐도 양에 차지 아니하고,
물소리 늘 들어도 물릴 줄을 모르나니,
그 소리 그 빛 속에서 마음 마냥 즐거워라!

日日看山看不足 時時聽水聽無厭
自然耳目皆淸快 聲色中間好養恬
〈閑中自慶〉

　　자연은 인간이 나서 돌아가는 영원한 원초적 고향이다. 그러기에
떠나 있어서는 늘 그리워지고, 돌아와 안김에는 편안해진다. 물소리
보다 아름다운 음악이 어디 있으며, 산빛보다 아름다운 그림이 어디
있으랴? 물소리로 진념塵念을 씻고, 산빛으로 번뇌를 삭이는, 산수간의
생활에 인 박인 작자다.

　　그의 또 다른 시를 함께 읽어보자.

　　　　발 걷어 한 방 가득 산빛을 끌어들이고
　　　　홈통 이어 개울물 물소리를 나누어오면,

아침 내 두견인 홀로 제 이름을 부르며 운다.

捲箔引山色 連筒分澗聲
終朝少人到 杜鵑呼自名
〈雜詠〉

천 봉 산속에 절 있어 그윽하니,
창을 열면 그 즉시로 산빛이 방에 들고,
문이야 닫으나마나 언제나 물소릴다.

寺在千峯裏 幽深未易名
開窓便山色 閉戶亦溪聲
〈閒中偶書〉

사람이 소 말을 배워

유득공

—

사람이 소 말을 배워 소를 부르는 소리
'워, 워…, 워디어…' 안개 속 들려온다.
푸른 산 산밭 곡식이야 가뭄 서린들 걱정이랴?

人學牛音却敎牛 煙嵐深處喝牟牟

碧峰滿種朱黃黍 夏旱秋霜也不愁

〈始到加平郡公餘雜詠〉

　'워, 워이, 이랴, 워디, 워디어…' 등은 '소 말'이다. 이른 아침 산밭을
가느라 '소 말'로써 소를 부리는 소리가, 안개 속에서 들려온다. 부지
런한 농부들의 저와 같은 정성이고 보면, 일 년 농사야 풍년이 보장되
어 있지 않으랴 싶다. 가평 군수로 부임하여 이른 아침 관내를 순시하
던 중의 흐뭇한 한 장면이다.

온통 푸른 세상

이제현

—

버드나무 그늘에서 낚시를 드리우다
앞산이 어둑하기 돌아가자 하다 보니
안개랑 비랑 타이어 옷도 거반 푸르렀네.

魚兒出沒弄微瀾　閒擲纖鉤柳影間
日暮欲歸衣半綠　綠烟和雨暗前山
〈漁磯晚釣〉

　온 세상이 푸름으로 일색이다. 산도 버드나무도 안개도 비도 한결
같이 푸른 속에, 흰옷도 푸르렀으니, 마음인들 안 푸르랴? 자잘한 물
결 사이로 뜨랑 잠기랑 노니는 피라미들, 곧은 바늘에 미끼 꿰어 꼬드
기는 끝에 아련히 전해오는 가는 떨림의 손맛! 하루해가 저물도록 세
월이야 가든 말든 나 몰라라!

취적정에서

손만웅

—

헌함에 기대서니 세상 티끌 다 가신다.
칠순을 이미 지나 청수淸瘦함이 학과 같고
모든 능력 다 접으니 장신藏身* 함이 거북 같네.

고기 낚고 나무하여 아침저녁 자족하고,
구름 읊고 달을 읊어 가슴 활짝 열었구나.
맑은 강 주변 경치야 뱃노래 속에 다 들었네.

取適亭中任所爲**　世間塵念沒毫絲

七旬已過瘦如鶴　六用***　皆藏蟄似龜

釣水采山供日夕　評雲討月轄襟期

淸江一帶無邊景　摠入閒人欸乃辭****

〈謹次取適亭金丈〉

● 장신藏 | 몸을 숨김.

●● 임소위任所爲 | 하고 싶은 바에 맡김. 곧 마음 내키는 대로 행함.

●●● 육용六用 | 모든 능력.

●●●● 애내사欸乃辭 | 어부사漁父辭, 즉 뱃노래. 정자의 주변 경치는 '뱃노래'의
　　　　가사 속에 다 갖추어져 있다는 뜻.

이 시에서의 '취적取適'은 '취적비취어取適非取魚'의 뜻으로, 낚시질하는 참뜻이 고기 잡는 데 있지 않고, 세속에 대한 생각을 잊고자 함에 있음을 뜻하는 것으로, 매우 시사적이다.

고관을 지내던 유능한 모든 능력 다 감추고 은거해 있는, 칠순이 넘은 학같이 여윈 말쑥한 늙은이의 일상이, 대자연과 합일하여 있음을 찬미하는 한편, 이와 의취意趣를 같이하고 있는 작자 자신을 동시에 읊고 있음이다.

산길을 가며

김시진

—

꽃 지고 새 우는 산길, 푸른 그늘 드리운 시내,
앉아 졸다 가며 읊다, 가끔 얻는 좋은 시구
산중에 붓이 없으니 안 적은들 어떠리?

閒花自落好禽啼 一徑淸陰轉碧溪
坐睡行吟時得句 山中無筆不須題
〈山行〉

　　호젓한 신록의 산길을 혼자 걷는 맛이다. 터덜터덜 흥얼흥얼 졸리
면 앉아 졸고, 졸다 깨면 다시 걸으며 시사詩思에 잠겨든다. 가끔 얻게
되는 가구佳句! 그러나 산중에 필기도구가 없으니, 굳이 적지 않은들
또한 어떠랴? 안 적어도 쉬 잊혀지진 않겠지만, 잊혀졌다 한들 어차피
종말에는 잊혀질 것이니, 굳이 애석해할 것도 없지 않으랴?

여정 유람 객회 사향

새벽 길 떠나려니

이덕무

—

비낀 달은 처마 밑으로 제비집을 기웃기웃
마구간 얼룩말은 꼴 먹느라 어적어적
선잠 깬 마부 녀석은 너무 일찍다 투덜투덜!

斜月來窺燕子巢 虛牕秣馬聽蕭蕭
僕夫睡罷朦朧語 也到臨津紅日高
〈早發坡州〉

　서쪽으로 기울어진 새벽달은 처마 밑으로 제비집에 비쳐들어 그 한
가족의 동정을 엿보는 듯 기웃거리고, 창도 없는 마구간엔 말이 여물
을 먹느라 버적거리는 소리가 연신 들려온다. 선잠 깬 마부 녀석은 너
무 일찍 서두르는 것이 못마땅한 듯, "임진강에 이르면 해가 열댓 발
은 올랐겠다"며 투덜거리고 있다.

부칠 길 없는 편지

홍중호

—

나그네 옷은 꿰매고 나면 또 타지고
고향 그리는 꿈은 끊어졌다… 이어졌다…
집 소식 비록 듣는다손, 편지 한 장 부칠 길 없네.

客衣縫卽綻 鄕夢斷還成

縱有平安字 無因寄洛城

〈古豊山修家書〉

    나그네 생활에 불편한 것이 한두 가지랴마는, 절박한 것이 옷이다. 철따라 갈아입지 못하는 때꾸러기도 민망하지만, 꿰매고 나면 딴 곳이 또 타지곤 하는 낡은 옷은 홀아비 신세타령이 절로 나게 한다. 가족의 안부는 더욱 절박하다. 어쩌다 인편에 집 소식 듣는 일이 있다손, 내 소식은 만지장서滿紙長書로 써놓고도, 부칠 길이 없으니 어이하랴?

갈바람에 누에 올라

이숭인

—

갈바람에 먼 나그네 홀로 누에 올랐나니
단풍잎 갈대꽃 눈에 넘치는 시름이여!
어디서 피리 소리는 이 한 가슴 애를 끊느니?

西風遠客獨登樓 楓葉蘆花滿眼愁
何處人家橫玉笛 一聲吹斷一江秋
〈登樓〉

    가을바람에 홀로 다락에 올라 바라보는 먼 나그네, 눈에 가득 서리는 가을빛은 그저 시름뿐이요, 귀에 가득 서리는 피리 소리 또한 그저 시름뿐이다. 이 1, 2구의 정황은, 당의 시인 허혼許渾의 〈함양성동루咸陽城東樓〉 중 '一上高城萬里愁 蒹葭楊柳似汀洲'를 연상케 한다. 一江秋 는 '一腔愁'의 뜻으로, '강물처럼 한 가슴 가득 흐르고 있는 시름'이다. 秋(시름 추)는 愁(시름 수)의 중복을 피한 것.

손끝에 남은 향기

한강을 건너면서

한수
—

봄바람이 부드러워 가는 돛도 한가롭다.
고개 돌려 삼각산에 이별 정을 보내다니,
저 달은 반도 덜 찼는데 나만 돌아가는구나!

日華乍動風來軟　天影遠涵帆去閒
回首慇懃別三角　月輪未半我當還
〈渡迷津〉

　하직하는 삼각산 위엔 때마침 반달이 걸려 있다. 초승달 아래 올라
왔다가 그 달이 아직 다 둥글지도 않았는데, 그러니까 겨우 6, 7일 만
에 나만 다시 고향으로 내려가고 있는 것이다. 서울은 바야흐로 봄이
무르익어가는 화려한 곳이건만, 나만 할 일이 없게 되었으니 머물러
있을 명분이 없다. 떠나가는 길이기는 하나, 어쩐지 뒤돌아보곤 하는
아쉬운 마음이다.

청산은 유정해라

정지승

—

풀꽃도 한가로운 실버들 푸른 강정江亭
송별 노래 한 곡조 불러주는 이 없건마는,
다만지 청산이 있어 가는 나를 보내주네.

細草閒花水上亭 綠楊如畫掩春城
無人解唱陽關曲* 只有青山送我行
〈留別〉

　하룻밤 여숙旅宿 끝에 다시 길 떠나는 봄날의 여심旅心! 한 잔 들어
전송해주는 이 아무도 없는 쓸쓸한 길 떠남! 그러나 저 유정도 한 청
산만은 나를 전송하느라, 저 높은 키에 발돋움하고 목까지 늘인 듯, 나
를 멀리 멀리까지 놓치지 않으려고 저렇듯 지켜보며, 날 바래다주고
있는 것이 아닌가! 가는 마음이 다정하니 오는 마음도 다정함이렷다.

● 양관곡陽關曲 | 왕유王維의 〈송원이사지서안送元二使之西安〉을 이름이니, 곧 '송
　별의 노래'를 뜻함이다.

다시 하룻밤

조수성
—

하늘가 떠돌기 이 얼마 만의 만남인가?
어찌 하룻밤으로 평생 회포 다 풀손가?
잔 잡고 다시 하룻밤 닭 소리 들자꾸나!

飄泊天涯今幾歲 再逢靑眼是關西
一宵難盡平生語 把酒如何更聽鷄
〈次鄭可遠韻〉

   객지에서 나그네로 서로 만난 두 친구의 해후! 하룻밤의 만단정화萬
端情話로는 부족하여, 떠나려는 친구를 만류하는 간곡한 정곡情曲이다.
모르거니와 그 친구 차마 떠나지 못하고, 다시 하룻밤을 또 술과 이야
기로 밤을 새웠으리라.

돌아가는 기러기

권엄
—

남쪽 날씨 일찍 풀려 기러기는 돌아간다.
지난 가을 날 따라오던 다 같은 나그넷길에
오늘은 너만 먼저 가다니? 난 어이할거나!

南方天氣早暄暉 臘月賓鴻已北飛
尙記秋來隨我後 可堪今日爾先歸
〈歸鴻〉

  남으로 귀양 오던 지난 가을, 기러기 너랑 길동무하여, 이 남쪽 극지
에 이르렀던 것인데, 오늘은 날 버려둔 채, 너만 돌아간다니? 이 나는
어이하란 말이냐?
  새삼 마음 걷잡지 못하는, 불귀不歸의 낙오감!

남으로 오는 기러기

백경환

—

일천 산 달빛 아래 그림자 지우면서
소리소리 만 리 먼 가을을 전해오네.
저마다 제철을 알아 무덕무덕 남으로 오네.

影落千山月 聲傳萬里秋

自能知節序 陣陣向南洲

〈秋鴈〉

달밤을 나는 기러기 떼, 일천 산 위에 지첨지첨 그림자 지우면서 건너 건너오는 정경은 상상만으로도 낭만에 벅차다. '끼룩끼룩'은 만 리 밖 가을을 몰아오며, 만인에 선포하는 가을의 전령이다. 저마다 절기의 질서를 스스로 알아, 무더기 무더기로 남하해오는 떼기러기에 감동이 자못 크다.

하루가 한 해

백광훈

—

물길로도 몇 천 린고? 서울살이 몇 달 만에
돌아오니 죽난 내 꼴 어린 것이 낯가리네.
옳거니! 타향의 그 하루가 한 해나 같았거니—

江海茫茫路幾千 歸來隣曲故依然
兒童怪我容顔改 異地光陰日抵年
〈回鄕〉

　　머나먼 서울에서의 타향살이 몇 달 만에, 그예 고향으로 돌아오고
말았다. 산천도 이웃들도 예대로 정답게 대해주건만, 이 어인 어린 녀
석은 아비 보고 낯가림하듯 서먹서먹해하다, 그예 삐죽삐죽 울어버린
다. 그제야 깨닫는다. 그럴 테지! 어찌 아니 그러랴? 객지 생활의 하루
하루가 한 해 맞잡이로 힘들었으니 말이다. 그중에도 몸이 죽난 것은
고향이 그립고 가족이 보고 싶은 초조한 마음고생에서였다. 어린것이
몰라볼 만큼 까칠해진 자신의 여윈 얼굴을 이제야 속절없이 자인하게
된 것이다.

수헐원에서

김지대
—

꽃 지고 새 우는 봄 졸음기도 묵직한데,
이내 깊은 넓은 들엔 말 걸음도 굼뜨구나!
옛 놀던 청산 만릿길 그 어디뇨? 저 피리 소린?

花落鳥啼春睡重 煙深野闊馬行遲
碧山萬里舊遊遠 長笛一聲何處吹
〈愁歇院〉

　말 위에서도 조는 계절, 말인들 안 졸리랴? 말 걸음 굼뜸도 그래서
던가? 가도 가도 아늑한 청산 만 리, 어디선지 그윽이 들려오는 저 피
리 소리! 그 누가 부는 걸까? 옛 놀던 그곳에서 불어 보내는 옛 친구
의 흐느낌인 것도 같아, 꿈결인 양 지나쳐버린 젊은 그 한때가 새삼
그리워짐을 어찌할 수가 없구나!

장마에 갇혀

권석찬

—

나그네 비바람 속 고향 꿈이 번거롭다.
돌아올 기약 늦다 걱정들 말려무나.
자고로 경치 먹고 사는 사람 차질 빚기 일쑤니라.

斜風細雨客愁新 回首鄉關入夢頻

諸君莫道歸期晚 終古蹉跎飽景人

〈滯雨〉

    맛난 음식 배불리 먹기를 탐내듯, 산수 경치를 탐내는 사람에 있어,
한번 집 나서면 예정 날짜쯤이야 믿을 것이 못 된다. 어찌 날짜뿐이
랴? 산수 간의 험한 길을 경치에 눈이 팔려 함부로 걷다 보면, 발부리
돌 차는 일 또한 허다하려니, '차타蹉跎'란 이 경우의 유일어唯一語렷다.

고향 돌아오는 길에

김안국

—

객지 세월 아까워라! 천 리 먼 길 돌아올 제,
길이 부는 봄바람이 봄 관리는 정작 안 해
복사꽃 임자도 없이 멋대로들 피었구나!

天涯遊子惜年華 千里思歸未到家
一路東風春不管 野桃無主自開花
〈途中卽事〉

   고향으로 돌아오는 신나는 길이다. 봄바람에 말을 채쳐 천릿길을
달리노라니, 처처에 임자도 없는 복사꽃이 지천으로 피어 있다. 제멋
대로 불어오는 봄바람을 봄도 어찌할 수가 없다. 하물며 봄바람에 앞
다투어 피는 꽃을 어느 누가 제어할 수 있겠는가? 봄의 관리를 벗어
난 봄꽃들이, 야! 소리라도 치듯, 일시에 피기 다투는, 꽃들의 시위 물
결 앞에, 봄도 통제의 손을 놓고, 그 황홀 속에 망연자실하고 있는 듯
하다.

남송정 가는 길에

박제가

―

욕심 없이 살 양이면 어딘들 어쩌하리?
이름 모를 첩첩 산길 넘고 또 넘은 끝에
아! 시원도 해라! 솔바람이여! 푸른 바다여!

人生何處不宜居 認取無營卽有餘

渡盡無名山萬疊 松風海色掃襟裾

〈南松亭途中〉

　서울에서 백두대간을 가로지르는 첩첩 산길을 며칠을 걸려 넘고 넘
은 끝에, 마침내 동해를 한눈에 굽어보는 대관령 영마루에 우뚝 섰다!
그 사이 거쳐온 곳곳! 어느 곳 할 것 없이, 거기 눌러 앉아 한평생 늙
고 싶은, 그런 금수강산 아닌 데가 없었으나, 여기 이 시원한 솔바람
이며 푸른 바다의 전망은, 이 어찌 또한 삶의 축복이 아니랴?

기러기의 변

강위

—

봄가을 오고 감이 호구糊口만을 위해서랴?
맘껏 트인 찬 하늘이 이리도 속 시원해
구름과 함께 가는 날이 땅에서보다 많으이!

豈爲區區稻粱計 秋來春去奈忙何
只愛寒空如意闊 在泥日少在雲多
〈途中聞鴈有感〉

　작자는 가난한 집에서 각고 노력하여 학문을 이루어, 장차 큰 꿈을
펼치려 하였으나, 불운하게도 기한飢寒에 쫓겨 동서로 표박漂泊하며,
답답한 심사를 오직 시에다 부쳐 달랬다. 운정만리雲程萬里 남북으로 오
고 가기에 이리도 바쁜 것은, 다만 구복口腹을 위해서도, 명리를 위해
서도 아니다. 오히려 그것들의 속박에서 벗어나, 일망무제一望無際로 활
짝 열린 하늘 길을 좇아, 훨훨 날아가는 호호연浩浩然한 개활감開豁感에
서랴 한다! 작자는 이 걷잡을 수 없는 자신의 방랑벽을 기러기에 부쳐
읊고 있다.

의주의 새벽

홍서봉
—

바람은 창을 치고 쇠뇌 소린 연달았는데
혼자 자려 누웠으나 홰에 앉은 닭만 같다.
새벽녘 뿔피리 소리 압록강엔 달이 진다.

風力衝窓萬弩齊 獨眠人似一鷄栖
城頭曉角寒聲咽 鴨水西邊落月低
〈灣館曉起〉

    청나라를 오가는 사신 행차로, 의주 여관에서의 하룻밤이다. 북풍
휘몰아치는 변방 땅, 철통같은 경비로 국경의 밤은 삼엄하다. 저 연달
아 나는 쇠뇌 소리는 실전을 방불케 하여, 잠들려 해볼수록 초조하고
불안해질 뿐, '홰에 앉은 닭'처럼 조마조마해진다. 성 머리에서 들려
오는 이른 새벽의 뿔피리 소리도 목이 메는 듯 서글픈데, 압록강 저편
에는 바야흐로 달이 지느라, 유달리 큰 달덩이가 되어서는, 어이 질꼬
망설이듯 물가에 임해 있다.

반 얼굴의 금강산

강준흠
—

천 봉우리 만 골짜기 오며 가며 바라봐도
다만 보이는 건 반 얼굴뿐일레라!
어쩌면 날개를 얻어 내외 금강 전 얼굴을 한눈에 굽어
본담!

往來千峰萬壑間 看看只識半邊顏
此身那得升天翼 全俯金剛內外山
〈入金剛山〉

　금강산 구경이란, 산의 반쪽 얼굴을 구경할 뿐, 전모 대관은 볼 길이
전혀 없다. 나도 날개만 있을 양이면, 저 하늘 훨훨 날아, 내외 금강 샅
샅이 한눈에 굽어볼 수 있으련만, 아, 날개 없음의 아쉬움이여!

산영루에 올라

김도징

—

산영루 다락에 올라 반공에 기대서니,
늙은 스님 길어와서 건네준 저 개울물!
금강산 가을 경치가 내 표주박 안에 잠겨드네!

淸溪白石絶紛囂 高閣登臨倚半霄
老釋汲來欄外水 金剛秋色落吾瓢
〈金剛山山影樓〉

　산승이 길어다가 한 표주박 건네준 그 물 속에 잠겨든 만산홍엽滿山紅葉의 금강산 가을 풍경! 표주박 물이 렌즈 되어, 한 고을 금강산 경치가 고스란히 수렴되어 들여다보이는, 미시관微視觀도 보는 맛이 각별했을 듯—.

흰 구름 속의 금강산

손영광

—

난 물 흘러 환갑이요, 넌 흰 구름 속 금강이라.
흐르는 물 흰 구름 너랑 기약 두었거니
이후란 이 좋은 인연, 너를 좇아 놀리라.

六旬一歲吾流水 萬二千峰爾白雲

流水白雲元有約 仙緣從此不相分

〈金剛山〉

　나는 물 흐르듯 육십 평생을 살아왔고, 너 금강산은 흰 구름 머리에
쓰고 만고에 우뚝하다. 기슭을 흐르는 물과 정상을 맴도는 흰 구름은
본래 한 뿌리로, 너랑 인연이 깊은 처지니, 이후로는 너 금강을 좇아,
물처럼 흰 구름처럼 절로절로 살리로다!

　수많은 금강사나 시 가운데 가장 인상적인 것은, 고려 때 시인 전치
유田致儒의 칠절七絶이 아닌가 한다.

　　연하煙霞 반 걷으니 웃통 벗은 대머리라.
　　깡마른 뼈대만으로 홀로 우뚝 깨끗하니,

아마도 살찐 뚱뚱보 산을 비웃는 듯하여라.

草木微生禿首髮 煙霞半卷袒肩衣

兀然皆骨獨孤潔 應笑肉山都大肥

〈金剛山〉

산격山格과 인격人格이 맞물려 품평되고 있음에 유의할 것이다.

남풍아 고맙다

정도전

—

산새도 낙화를 울어 봄은 이미 갔건마는
못 돌아간 이 나그넬 마음 풀라 달램이리
남풍이 뜰풀을 헤쳐불어 너울너울하여라!

山禽啼盡落花飛 客子未歸春已歸

忽有南風情思在 解吹庭草也依依

〈四月初一日〉

　봄이 오면 돌아갈 수 있으려니 믿어왔던, 그 봄도 왔다가는 이미 저
만 돌아가고, 마당에는 잡초만 우거졌는데, 문득 한 떼의 남풍이 쏴아
아 지나가면서, 나의 안타까운 마음을 풀어주려는 몸짓인 듯, 이들이
들한 풀을 이랑이랑 헤쳐 불어 너울너울 춤을 추어 보이며, 나더러도
마음을 너그럽게 풀어먹으라며 달래주고 있는 것이 아닌가? 남풍아!
고맙다.

잠드니 도로 고향

남상교

—

옛 생각 새록새록 밤은 어이 이리 긴고?
세모의 여관방에 등불 하나 짝을 하여,
향수로 잠 못 이루다 잠드니 도로 고향일다.

孤懷耿耿夜俱長 歲暮靑燈伴一床
只爲思鄕眠不得 眠成却是夢還鄕
〈旅館歲暮〉

　한 해가 저물어갈 무렵이면, 나그네의 심사는 한결 서러워진다. 성
과 없는 그 한 해의 방황이, 그를 애타게 하는, 절박한 시간의 낭떠러
지에 섰기 때문이리라. 고향 그리워 잠 못 들다, 잠드니 도리어 고향
이더란, 이 엉터리 같은 진실! 생각이 간절커니 꿈엔들 아니 뵈랴?

중양절 한양에서

권병락

—

객지서 두 해 거듭 홀로 국화 대하려니
'명절이면 집 생각 갑절 더하단' 말
고인이 먼저 채갔네, 후인의 이 심정을—

羈窓再度見秋深 獨對黃化悵不禁
佳節思親當倍語 古人先獲後人心
〈漢陽重九日〉

'명절 되면 집 생각 갑절 더하다'는 작자의 그 마음을 가로채간 고인이란 누구인가? 당唐의 시인 왕유王維다. 그 마음이 내 마음이건마는, 이미 천수백 년 전의 그가 선점하여버렸으니 쓸 수가 없지 않은가? 쓸 수가 없다면서 필경 교묘히 기대어 써서, 일거一擧에 그의 시정을 고스란히 함축하게 되었으니, 또한 묘하다 할 수밖에—.

중구에 붙인 왕유의 시는 이러하다.

홀로 타향살이 나그네 되니
명절마다 집 생각 갑절 더하다.

멀리서도 알겠구나! 여러 아우들
머리에 수유 꽂고 높은 곳 올라
나 하나 빠졌다고 서운해쌀걸—.

獨在異鄉爲異客 每逢佳節倍思親
遙知兄弟登高處 遍揷茱萸少一人
〈九月九日憶山東兄弟〉

강남의 버들

정몽주

—

봄바람에 하늘대는 황금빛 저 실버들!
강남 땅 저 버들은 해마다 푸르건만
강남 길 이 나그네는 그 언제나 돌아가나?

내 고향은 바다 건너 먼 하늘 저 끝인데,
이 몸은 이 하늘가 돌아갈 배 기다리며
공연히 지는 꽃 보며 긴 한숨만 쉬고 있네.

긴 한숨에 그리운 맘 괴로움은 알려니와
돌아갈 길 어려움을 임인들 어이 알리?
인생에 먼 나그넨 되지 말 것이, 젊은이도 백발 되네!

江南柳江南柳 春風裊裊黃金絲
江南柳色年年好 江南行客歸何時

滄海茫茫萬丈波 家山遠在天之涯
天涯之人日夜望歸舟 坐對落花空長歎

空長歎但識相思苦 肯識此間行路難
人生莫作遠遊客 少年兩鬢如雪白

〈江南柳〉

　양자강 이남의 중국 강남 땅! 봄바람에 물들어가는 황금빛 수양버들! 만리타향에서 기약 없이 떠도는 나그네의, 이다지도 간절한 고향 그리움을 달랠 길 없어, 부질없이 긴 탄식만을 늘어놓는 봄 타령, 고향 타령, 임 타령이다.

옛 마을에 돌아오니

휴정(서산대사)
―

서른 해 만에 고향 오니 청산은 말이 없고
사람 죽고 집은 헐고 마을은 황폐한데,
어디서 두견이 소리 봄밤은 깊어가네.

여자들 문틈으로 엿보고, 백발노인 성명을 묻기
어릴 때 이름 대자 서로 잡고 울다 보니,
바단 양 푸른 하늘에 달은 황황 삼경일레.

三十年來返故鄕　人亡宅廢又村荒
靑山不語春天暮　杜宇一聲來渺茫
一行兒女窺窓紙　鶴髮隣翁問姓名
乳號方通相泣下　碧天如海月三更
〈還鄕〉

　어릴 때 출가입산出家入山하여 인연을 끊었던 옛 마을을, 삼십 년 만
에 찾아온 것이다. 그동안 부모님은 돌아가시고, 옛 살던 집은 헐리어
마을은 황량하다. 사바娑婆에 두고 온 일체 인연 끊으려고 모질게 애
써왔던, 그 긴 수도의 세월! 그러나 이 밤, 그 오랜 비정非情의 세월을

홀쩍 넘어 순식간에 사바의 정으로 회복되고 만 것이다. 어릴 때 같이 뛰놀던 아녀자들, 희미한 옛 모습 더듬어 아무개 아닐까 하는 추측으로 모여들어, 문구멍을 뚫고 차례로 들여다보고들 있는데, 백발노인 한 분은 어릴 때 이름을 묻는다, 아명을 대자 짐작대로 친구의 아들임을 확인하고는, 서로 붙들고 어우러져 운 것이다. 중으로서도 대사로서도 아닌, 순수한 '인간'으로서의 눈물! 정히 '벽천여해월삼경碧天如海月三更'의 무한 감개가 아니고 무엇이랴?

인륜 도덕

나라 없는 삶

김창숙

—

나라 없고 집 없으니 사생간 무슨 낙고?
그중에도 주리면 밥, 추우면 옷 찾으니,
죽음도 삶도 아닌 내가 우습고도 한심하다!

無國生奚樂 無家死安歸
何事飢呼食 何心寒覓衣
不生又不死 自笑還自唏
〈自嘲〉

나라 잃고 집도 없이 이국에 떠도는 몸, 광복의 일은 지지부진인데, 이 무슨 경황으로 밥을 찾고 옷을 찾고들 한다니? 알뜰히 염치도 없고 주책도 없는 '인간 생리'를 자조·자탄하고 있다.

한산섬 달 밝은 밤

이순신

—

한산섬 달 밝은 밤에 수루에 혼자 앉아
큰 칼 옆에 차고 깊은 시름 하는 적에
어디서 일성호가一聲胡歌는 나의 애를 긋나니?

閑山島月明夜 上成樓

撫大刀深愁時

何處一聲羌笛更添愁

〈閑山島歌〉

이는 《난중일기亂中日記》에 실려 있는, 윗시조의 한문 표기다. '깊은 시름하는 적에'의 '시름'을 모두들 '우국심憂國心'으로 풀고 있으나, 그렇지 않다. 원시에도 확실하듯이 '갱첨수更添愁', 곧 '다시 시름을 보태는고?' 했으니, 우국심에 덧붙여진 일신상의 시름인 것이다. 다시 말해, 피리 소리로 말미암아 얻게 된 시름은 개인적인 사사로운 시름, 곧 집에서 애타우고 있을 늙은 어머니며 처자에 대한 시름, 곧 장군 이순신으로서가 아닌, 인간 이순신으로서의 시름인 것이다.

한산도에서의 또 다른 시에서의 '시름(憂心)'도 물론 마찬가지다.

바다에 가을 저무니 기러기 떼 높이 떴다.
'시름겨워' 뒤척이며 잠 이루지 못하는 밤
싸늘히 지새는 달이 활과 칼을 비추는고!

水國秋光暮 驚寒雁陣高
憂心輾轉夜 殘月照弓刀
〈閑山島夜吟〉

심양에 부칠 편지

김류

—

오동잎 지고 비 내리는 꿈길도 아득한 곳
호지胡地 삼천리 그 님께 부칠 편지
어찌타! 한 줄 쓰고는 또 만 줄 눈물 쏟는다니?

高梧葉落雨凄凄 塞路三千夢亦迷
欲向征人寄消息 一行書又萬行啼
〈付書瀋陽〉

　병자호란으로 심양에 볼모 가 있는 소현세자께 보낼 서찰을, '글 한
줄에 눈물 만 줄'을 흘리면서 적고 있는 정황이다.

삼전도로 가는 길에

윤선거

—

얄밉다. 저 강물은 예런듯 무심하여
정축년 그 국치를 일깨워주는 것을,
인정도 물이나 같아 광나루를 또 건너네.

生憎江水流依舊　丁丑春羞去不湔
長恨人心還似水　扁舟更渡廣陵津
〈三田渡〉

　　병자호란에 패배하여 삼전도에서 수모를 당한 성하지맹城下之盟! 그
때의 그 절절한 국치國恥를 일깨우듯, 강물은 그때도 그러했듯, 지금도
무심하게 제 알 바 아니라는 듯, 유유히 흘러가고 있음이 도리어 얄
미운데, 어쩌면 사람의 마음도 물과 같이 무심도 하여, 다시는 삼전도
앞을 지나고 싶지 않은 그 길을 향하여 시방 광나루를 건너가고 있는
것이 아닌가? 참으로 속절없는 그 인심이 오히려 한스럽다.

손끝에 남은 향기

벼슬 두고 돌아오며

박순

—

늙은 목숨 겨우 거둬 초야草野 돌아올 제,
한 점 종남산이 볼수록 멀어진다.
갈바람 눈물을 뿌려 베옷에 젖어드네.

答恩無術寸心違 收拾殘骸返野扉
一點終南°看漸遠 西風吹淚薛蘿衣°°
〈謝恩後歸永平〉

　　서울의 지표인 남산이 멀어질수록 우국연군憂國戀君의 새 시름은 더
해가고 있는 것이다.

흐르는 물 외로운 돛 가는 님 안 말리니
옛 산천 다글수록 멀어져가는 남산
한시름 놓이자마자 또 한시름 어이리?

● 종남終南 | 종남산, 곧 서울의 남산南山을 이름이다. 이순인李純仁이 퇴계 선생을
　한강에서 배웅하며 읊은 시에도, 남산은 서울을 대유代喩하고 있다.
●● 벽라의薛蘿衣 | 야인이 입는 베옷을 이름이다.

江水悠悠日夜流 孤帆不爲客行留

家山漸近終南遠 也是無愁還有愁

〈漢江送退溪先生〉

　저 길로 떠나는 배는 일로 남하하여 고향이 가까워질수록 오랜 동
안 그리던 향수에서는 한시름 놓여지리라. 그러나 서울이 멀어질수록
새로 싹트는 우국연군의 새 시름은 어이하시련고? '조정의 높은 곳에
있어서는 그 백성을 근심하고, 강호의 먼 곳에 처해서는 그 임금을 걱
정한다(居廟堂之高則 憂其民 處江湖之遠則 憂其君)'는 범희문范希文의 그런 충정인
것이다.

귀양길 강남 천 리

이경여

—

귀양길 강남 천 리 강물 따라 흘러갈 제,
문득 매화 향기 강남 처사 그 집 앞을
이제 막 달은 뜨는데 부끄러이 지나간다.

千里江南處處花 獨憐梅影照孤槎

今來月出山前路 羞過江南處士家

〈謫路過愼伯擧〉*

　귀양길 배에 올라 흐름 따라 가노라니, 어디선지 문득 매화 그림자
가 스치는 것을 느낀다. 알고 보니 강남에 살고 있는 신백거 처사 그
집 앞이다. 벼슬을 마다하고 오직 학문에만 전념하여 고고하게 살고
있는 그분이 아니던가? 벼슬하여 한번 포부를 펴보려고 혼탁한 관계
에 몸을 담았다가, 어이없게도 무실의 죄에 얽혀 귀양 가고 있는 이
몸, 아니라도 몸 둘 바를 모르겠는데, 때마침 돋아오르는 달빛의 조명
아래 그 집 앞을 지나려니 부끄럽기 그지없다.

● 백거伯擧 | 신천익愼天翊 (1592~1661)의 자. 호는 소은素隱. 광해군의 실정에 벼
　슬을 그만두고 영암에 은거. 시부詩賦에 능했다.

압록강을 건너며

이순구

—

달빛이 비쳐오니 타향의 꿈길이요,
구름이 돌아가니 고국의 시름이라.
삼경에 잠 못 드나니, 압록강 흐르는 소리!

月照他鄕夢 雲歸故國愁
三更獨不寐 鴨綠江聲流
〈宿新義州旅舍渡江〉

고국을 바라보니 구름연기 자욱한데,
겨레를 생각하니 물불인 양 급하여라!
사나이 중책을 지고 말없이 강 건너네.

望美雲煙合 懷民水火急
男兒負重責 無語渡江鴨
〈同上〉

　의병장인 친형 이한구李韓久의 전사에 이어, 나라도 급전직하 걷잡
을 길 없게 되어가자, 중국에서 활약하고 있는 광복 동지들과 합류하

기 위해, 서둘러 압록강을 건너는 길이다.

　앞의 시는 압록강 여관에 묵는 마지막 밤의 감회요, 뒤의 시는 강을 건너며, 마지막 눈길을 돌려 조국 땅을 바라보는 감개다.

이제묘에 들러서

성삼문

―

말고삐 부여잡고 그릇됨을 아뢸 적엔
당당한 그 충의가 일월인 양 빛나더니,
어쩌자 주나라 땅의 푸새 따월 먹는다니?

當年叩馬敢言非 忠義堂堂日月輝
草木亦霑周雨露 愧君猶食首陽薇
〈夷齊廟〉

　　이제묘夷齊廟는 주周 무왕武王이 은殷을 치려 출정함에, 신하로서 그
임금을 치는 일은 의가 아니라며, 말고삐를 잡고 극력 만류했으나 듣
지 않자, 주나라 곡식을 먹지 않겠다며 수양산에 들어가 고사리를 캐
먹으며 은거하다 굶어죽었다는 백이伯夷와 숙제叔齊 형제 충신의 혼을
모신 사당이다.
　　곡식만이 아니라, 고사리도 또한 주나라의 비와 이슬을 먹고 자란
풀이거늘, 그런 것을 다 먹었다니 부끄러운 일이 아니고 무엇이랴? 나
같으면 그냥 굶어죽을망정, 그런 부끄러운 짓은 하지 않았겠다는, 한
술 더 뜬 충절의 과시다.

같은 작자의 다음 시조도 또한 같은 내용이다.

　　　수양산 바라보며 이제를 한恨하노라.
　　　주려 죽을망정 채미採薇도 하는 것가?
　　　비록애 푸새엣 것인들 긔 뉘 땅에 낫더니?
　　　―성삼문

이에 대한 옛시조도 많은 가운데, 한 수를 들어보면,

　　　주려 죽으려고 수양산 들었거니
　　　설마 고사리를 먹으려 캐었으랴?
　　　물성이 굽음을 애달파 펴보려고 캠이라.
　　　―주의식

성삼문의 호된 나무람에 변론하듯 답한 작품이다.

도롱이를 보낸 이에게

하위지*
—

사나이 득실이야 옛날이나 지금이나
머리 위엔 옳고 그름 밝은 해가 지켜보네.
강호에 노닐기나 하라는 도롱이 뜻 아옵니다.

男兒得失古猶今 頭上分明白日臨
持贈簑衣應有意 江湖烟雨好相尋
〈謝人贈簑衣〉

  내게 하필이면 도롱이를 보내준 뜻은, 충절도 좋지마는 신상이 위
태하니, 도롱이나 입고 강호에 묻혀, 자연이나 즐기며 살라는, 이 몸
을 아끼는 알뜰한 고마운 뜻에서임을 어찌 모르리까마는, 대장부 하
는 일의 성패는, 언제나 저 밝디 밝은 백일白日이 머리 위에서 지켜보
고 있으니, 차마 어찌 지조야 굽히리까?

● 하위지 | 사육신의 한 사람.

해달아 가지마라

박준원

—

바람아 불지 마라. 나뭇잎 떨어진다.
해달아 가지 마라. 우리 부모 늙어간다.
잎이야 다시 피지만 한번 늙음 못 젊어지네.

風兮莫吹木葉落 日月莫逝父母老
葉落猶可明春生 父母一老不復少
〈翻風兮謠〉

　동요라기에는 나이가 많고, 독창적이라기엔 너무 통념적이다. 그러
나 소박한 효심만은 전편에 충만하다.

길가의 무덤

김상헌

—

길가에 우북한 저 외로운 무덤 하나
자손은 어디 가고 한 쌍의 돌사람만
긴 세월 떠나지 않고 지키고들 있는고?

路傍一孤塚 子孫今何處

惟有雙石人* 長年守不去

〈路傍塚〉

　자손이 있는지 없는지 모를 길가의 한 묵어 있는 무덤! 그 오랜 세
월 비가 오나 바람이 부나, 무덤 곁을 떠나지 않고, 시묘살이를 하고
있는 돌사람의 정성에 감탄하고 있다.

　사람들의 사물에 대한 감상이란, 그의 처지에 따라 시각이 달라짐
을 다음에서 볼 것이다. 같은 돌사람(돌부처)이건만 이별의 슬픈 눈에는
다음과 같이 비치기도 했으니 말이다.

● 석인石人 | 돌사람. 석옹중石翁仲.

길 위의 두 돌부처 벗고 굶고 마주 서서
바람 비 눈서리를 맞도록 맞을망정
인간에 이별을 모르니 그를 불워하노라.
—송강 정철

유자의 노래

변중량*
一

떠날 때 지어주신 어머님 공든 이 옷
돌아갈 기약 없이 다 해지고 말았구나.
인생은 덧없다커니 애달파라 지는 해여!

遊子久未返 弊盡慈母衣
故山苦遼邈 何時賦言歸**
人生不滿百 惜此西日暉***
〈遊子吟〉

　이밀李密의 〈진정표陳情表〉에 96세의 조모의 목숨을 형용하여, '해가
서산에 뉘엿뉘엿, 금시라도 끊어질 듯 숨결이 가르릉가르릉 한다(日
薄西山氣息奄奄)'라 하고 있다. 이는 당唐 시인 맹교孟郊의 〈유자음遊子吟〉에
화운和韻하여, 어머니의 의려지망倚閭之望을 애달파한 시다. '아들아 제
발 빨리 돌아와다오' 하는, 알뜰한 어머니의 염원이 땀땀이 박혀 있는
이 옷이건만, 객지 세월이 오래되다 보니, 이제는 옷마저 다 해지고

●《청구풍아靑丘風雅》에서는 윗시의 작자를 이직李稷으로 삼고 있다.
●● 부언귀賦言歸 | 집으로 돌아감. '言'은 조사.
●●● 서일휘西日暉 | 서쪽으로 기울어져 있는 햇빛. 연만한 부모의 수명의 비유.

　　　　　　　　　　　　　　　　　　　　　　손끝에 남은 향기

말았다. 어머님 연세는 이미 서산에 기운 해와 같거니, 애달파라! 애달파라!

맹교의 원운〈유자음遊子吟〉은 다음과 같다.

> 길 떠나는 아들 위해 손수 지어주신 이 옷,
> 돌아옴 늦을세라 촘촘히도 박은 땀땀,
> 그 뉘라 풀잎 맘으로 봄볕 은혜 갚는다 하리?

> 慈母手中線 遊子身上衣
> 臨行密密縫 意恐遲遲歸
> 誰言寸草心 報得三春暉

제 아무리 효성을 다한다 한들 어머니의 은혜를 어찌 갚는다 할 수 있겠느냐의 뜻이다. 작자는 중당中唐 때 시인으로, 자는 동야東野. 저서에 《맹동야집孟東野集》이 있다.

유배지에서

정희량

—

고향이 궁금턴 차 이제야 소식 왔네.
옷에는 땀땀이 어머님 사랑이요,
편지엔 글자마다 아버님 자정이라.

먼 이별 객지 설움 갈수록 더하는데
서로들 그리워하는 세월만 깊어가네.
애달파 탄식하자니 설핏이 해는 지네!*

故國無消息 今朝得好音
衣添慈母線 子寄老君心
遠別羈愁益 相望歲月深
含情空咄咄 薄日下高林
〈得家君手書〉

연산군 때 김해金海 유배지에서 지은 시다.

● 설핏이 해는 지네 | 부모님이 노쇠하여 서산에 기운 해와 같이 여일餘日이 촉박
해짐을 한탄한 말. 〈유자의 노래〉 246p 참조.

손끝에 남은 향기

삼년상을 마치고

이술현

—

이 방에 거하려니, 모시던 때의 온갖 생각
어이하랴? 흰머리의 무구한 이 슬픔을
늙은 애 엉엉 울어도 어이할 길 없어라!

入此堂居淚自垂 却思前日侍傍時

哀哀白首無窮痛 老子兒啼更未爲

〈闋制後復寢感吟〉

'이 방'이란 아버지가 거처하시던 사랑방이다. 오래 병 수발을 들던
그 사랑방, 돌아가신 후에는 빈소로 꾸몄다가, 삼상三喪 후 철빈撤殯
하고, 자신이 거처하게 되다 보니, 모시던 그 당시의 온갖 일들이 촉
처상심觸處傷心으로 슬픔을 돋우는 것이다. 그럴 때마다 늙은 아이, 아
이 울음으로 엉엉 흐느껴 울게 되지만, 아무리 울고 또 울어도 어버이
그리운 그 마음은 어이할 길이 없다. 울고 나면 서러움이 좀 가시기라
도 할 법 하지만, 그렇지도 않으니, 다시 어이하랴? 진정 어이할 길이
없는 일이다.

자식 초행날 마상에서

이수인

—

자식 초행길에 흰머리로 요객되어*
종일을 말 달려도 지칠 줄 모를레라.
'오 년이 아쉽다'시던 선고先考 시時에 눈물지네.

白頭行色爲兒饒 終日馳驅不說勞
恰過五年先藁語 至今追憶血沾衣
〈帶兒子醮行 馬上憶先人遺稿句語 不勝感懷〉

장가드는 자식을 데리고 가다가 문득 선인의 유고시가 생각나 감회
를 이기지 못하다.

선고의 유시遺時는 다음과 같다.

내 나이는 오십이 넘고 너는 겨우 열두 살!
아쉬운 대로 오륙 년만 넘긴다면

● 장가드는 아들을 데리고 가는 일을, '상객上客 간다' 하고, 더러는 '요객繞客·饒
客 간다'고도 한다. '요객'이란 상객 대접을 받아, 귀한 음식 많이 먹어 '배부른 손
님'이 된다는 뜻의 속어다.

손끝에 남은 향기

그제야 너 장가가는 것 내 보고 가련마는….

吾年五十餘 汝年今十二
恰過五六年 始可見汝娶
〈元朝有感〉

그러나 이미 포병抱病하고 있었던 터라, 그 '오륙 년'을 그예 넘기지
못하였으니, 이 시를 떠올릴 때마다 매양 애통하였던 것이다.

나그네 외기러기

조위
—

나그네 외기러기 저녁 하늘을 날고 있다.
그리워 부질없이 백발 된 머리 들어
아득히 바라다보네. 천 리 밖 배소에서—

旅雁不成行 邊城日暮起
相思空白頭 悵望人千里
〈寄弟叔奮〉

    무오사화 때 의주義州 유배지에서 지은 시로 추측된다. 형제의 항렬에서 이탈된 외기러기 같은 이 한 몸! 해거름의 하늘 밖에서 흰머리 들어 아득히 천 리 고향을 바라다보는 하염없는 그리움이다.

초가면 어떠하리

김숙

—

초가면 어떠하리? 비바람 가리면 그만이요,
어디서 벗 구하랴? 형제만 함 없느리라.
글 읽어 가난함이야 그 뉘라 흉을 보랴?

茅蘆何妨陋　但足風雨蔽
朋儕豈外求　終莫如兄弟
讀書以固窮　世人誰敢詆
〈北麓〉

　집이란 비바람을 가리면 그만, 고루거각 해서 무엇하며, 친구 좋다
한들, 환란에 처해서야 형제만 함이 어디 있던가? 옛 성현의 글을 읽
어 사람의 도리를 다함이 참 사는 길이거늘, 글에만 마음 쓰다 보면
자연 따르게 마련인 것이 가난이지만, 그렇다 해서 그 가난을 어느 누
가 감히 비웃을 것이랴? 곤궁하게 살지라도 인간의 도리를 다하며 올
곧게 살기를, 형제들과 함께 격려하며 다지는 내용이다.

중구날 아우를 그리워하며

남유상

—

강남이라, 유자들 주어 한 자루나 되건마는
육적이 품던 그 뜻 가슴이 메어오기
차마야 이 하늘 끝에서 혼자 먹지 못할레라.

霜落江南橘柚香 野人相贈滿包黃
油然陸子懷中意 未忍天涯獨自嘗
〈九日有懷舍弟〉

　　귀양 간 곳이 강남이라, 그곳 명물인 유자를 주는 이가 많아, 한 자
루나 되건마는, 먹으려니, 부모 생각 아우 생각에 차마 목이 메어 먹
지 못하는 정황이다. 다음 시조와 아울러 감상할 것이다.

　　반중 조홍감이 고와도 보이나다.
　　유자 아니라도 품음직도 하다마는
　　품어 가 반길 이 없으니 글로 설워하나이다.
　　　—박인로

　　육적陸績이 여섯 살 때, 원술袁術의 집에 갔다가, 안에서 내온 귤을 품

속에 감추어 어머니께 드리려 했다는 고사를 배경으로, 홍시를 보고 이미 여읜 부모 생각에 목이 메어 차마 먹지 못해 하는, 슬픈 그 마음 이다.

행화촌 주인에게

운초

—

살구꽃 울타리에 수양버들 사립문에
산수 좋은 한 마을엔 어깨동무 애들 노래
숲 저편 꽃노을 속엔 할아버지들 두런두런….

며느리는 짤깍짤깍 손자들을 줄줄 외니
하필이면 신선 세상 부러워할 것이랴?
여기 이 인간 땅에도 무릉도원 있는 것을—

杏花籬落柳爲門 水秀山明儼一村
聯臂謳歌童子出 隔林烟花老農言
機聲札札知良婦 課誦洋洋見肖孫
非必藏踪遊物外 人間自有武陵源
〈贈杏花村主人〉

　울타리라 따로 없고, 꽃 활짝 피어 두른 살구나무가 울타리요, 사립
문 문설주라 따로 없고, 올올이 푸른 실가지를 능청능청 늘어뜨린 능
수버들 두 그루가 문설주다. 이 평화로운 한 마을에 저마다 소임에 충
실한 남녀노소! 신선이 부럽지 않은, 천연의 무릉도원! 지상의 낙원

이요, 인간이 동경하던 이상향! 그곳이 바로 여기라며 감탄하고 있는, 이 여류 시인의 치런치런 열두 폭 치맛자락 같은 풍도風度 좀 보시라.

아버님을 닮은 얼굴

휴정(서산대사)
—

아버님 한번 여읜 후로 세월은 깊었었네.
늙은 이 아이 아버님 얼굴을 너무나 닮아
물속을 들여다보다 문득 깜짝 놀랐네.

一別萱堂後 滔滔歲月深
老兒如父面 潭底忽驚心
〈顧影有感〉

　　아버지의 전형典型을 아들이 닮음이야 너무나 당연하나, 늙어갈수록
더욱 그러해지게 마련이다. 그리운 아버지의 면모를 자신에게서 발견
하고는, 놀라운 그 천륜의 연緣과 정情에 새삼 감격해하고 있다.

선형을 그리며

박지원

—

선친 보고플 젠 형에게서 봐왔더니

그리워라 선형 모습 어디서 본단 말고?

스스로 의관 갖추고 냇물에나 비춰볼까.

我兄顏髮曾誰似 每憶先君看我兄

今日思兄何處見 自將巾袂映溪行

〈憶先兄〉

삼부자의 전형이 비슷하여, 아버지 그리울 젠 형에게서 봐오다가,
이제 형마저 돌아가시니, 형 그리울 젠 어이할꼬? 의관 갖춘 내 자신
의 냇물에 비친 모습에서나 찾아볼 수 있을 것인가? 중년을 넘어선
자신의 모습에도, 부형의 전형이 아스라이 떠오르고 있음을 느끼게
됨에서다.

아내를 여의고

내세에는 바꿔 나서

김정희

—

내세엔 우리 부처 처지를 바꿔 나서
내 죽고 그대 살아 천리 밖 배소配所에서
이 마음 이리 슬픔을 그대 알게 하고지고!

聊將月老訴冥府 來世夫妻易地爲
我死君生千里外 使君知有此心悲
〈配所輓妻喪〉

　말이 너무 많아 수다스럽다 했더니, 알고 보니 제1구는 총 4구를 갖
추어야 하는 절구 형식을 충족하기 위한 허구虛構·虛句임을 알게 된다.
요지는, 귀양 땅인 제주도에서 듣게 된, 아내의 부음의 슬픔이 얼마나
한가를 말로야 형용할 길이 없으니, 후생에는 처지를 서로 바꾸어 그
대가 남편 되고 내가 아내 되었다가, 내 죽은 부음을 외딴 섬에서 그
대가 듣게 되면, 비로소 지금의 내 슬픔을 여실히 알게 될 것이란 내
용이다. 그것이다. 그걸로 족하다. '누구를 시켜 어디에 하소연하든'
그것은 주제와는 별개의 것이 아닌가?

주렴 걷을 이 없구나

이달
—

비단 휘장 향불 꺼지고 거울엔 먼지 쌓여!
복사꽃 핀 작은 누엔 밝은 달이 올랐다만
몰라라! 주렴 걷을 이 그 누구란 말인가?

羅幃香盡鏡生塵 門掩桃花寂寞春
依舊小樓明月在 不知誰是捲簾人
〈悼亡〉

  바깥은 꽃도 피고 달도 밝은데, 이런 밤이면 으레 주렴 걷어 올리고 달구경하자던 그 한 사람! 그 한 사람 어딜 가고 내겐 없어라!

아내를 보내며

이계
—

신혼 때 지은 새 옷 태반이 그대로고!
옷상자 뒤져보다 마음 더욱 아리어라!
아끼던 그 모든 것들 공산에 내맡겨 흙 되게 하리라.

嫁日衣裳半是新 開箱點檢益傷神

平生玩好具資送 一任空山化作塵

〈婦人挽〉

  보공補空에 쓰리라 하여 옷상자를 뒤적이다 보니, 태반이 신혼 때 지은 새 옷 그대로다. 얼마나 오래 살려고, 아끼고 아끼다가 한 번 입어보지도 못한 그대로의 새 옷! 마음이 더욱 아프다. 마지막 가는 길, 옷이랑 패물이랑 함께 관 안에 넣어 공산에 맡겨, 그 모두 흙으로 돌아가게 하리라.

어린 것이 곡할 줄 몰라

이건창
—

어린 것이 곡할 줄 몰라 글 읽는 듯하더니만,
홀연 터뜨린 아이 울음 목이 메는 서러움에
잇따라 구슬 눈물을 줄줄이 쏟고 있다.

小兒不知哭 哭聲似讀書

忽然啼不住 簌簌淚連珠

〈悼亡〉

　곡이란, '애고 애고'나 '어이 어이'로 형식화, 규격화한 울음이다. 속
에서 북받쳐 나오는 자연성의 울음이 아니라, 예절이란 미명 아래 만
들어진 인조 울음이며, 울음처럼 흉내 낸 사이비 울음이다. 슬픈 듯
시늉하는 가짜 울음이요, 슬픔을 과장하는 헛된 울음(虛哭)으로, 심하
면 대곡代哭까지 등장하게 되는 광대 울음이기도 하다.

　어미 죽은 아이에게 '애고 애고…' 하라 가르쳐준들, 그것이 제 고
저대로 목 잡힐 리가 있나? 글 읽을 때의 목 고저로 글 읽듯 하고 있
더니, 문득 어느 순간 진짜 울음보가 터지고 만 것이다. 엉엉 목이 메
는 진짜 울음! 그것이다. 바로 그 아이 울음! 눈물 콧물 범벅이 되어,

몸부림치며 우는, 그 진짜 울음 길로 들어선 것이다. 어찌 쉽게 그쳐 지랴?

집이라 돌아오니

신광수

—

반년을 떠돌던 서울 길 나그네가
집이라 돌아오니 회포도 많을시고
베 짜다 맞이해주던 아내 모습 안 보이네.

한스러워라! 모진 고생 함께하던 일
무정도 하여라! 유명을 달리하다니?
한바탕 울고 울고 나니 휑뎅그렁하여라! 늘그막의 신
세여!

半歲秦京客　還家懷抱新
依然候門子　不復下機人
有恨同貧賤　無情隔鬼神
虛帷一哭罷　廓落暮年身
〈還家感賦〉

이럴 수가? 아아 어찌 이럴 수가? 애타게 날 기다리다 못 보고 떠나
는 그 임종, 눈이나 어찌 감았을까? 모진 고생 함께해오던 일 새삼 절
절 안쓰럽다. 빈 여막에 휘장 걸고, 한바탕 망인亡人을 울고, 자신을 울

고, 인생을 울고 나니, 아! 이리도 허망함이여! 늘그막의 인생이 아!
이리도 휑뎅그렁할 줄이야!

　당唐 시인 원진元稹의 시 한 수를 함께 차려본다.

　　　　나는 동정호 물결 따라 떠도는 사이
　　　　그대는 함양 고을 한 줌 흙이 됐소그려!
　　　　만사가 시드러운 한식, 어린년을 안고 우오.

　　　　我隨楚澤波中水 君作咸陽泉下泥
　　　　百事無心値寒食 身將稚女帳前啼
　　　　〈遣懷〉

우는 애 젖 안주고

정현덕

—

우는 애 젖 안 주고 어미는 어딜 갔노?
젖동냥 가 있건만 어미도 애도 다 모르네.
모름이 약이라지만 알며 보려니 기막히네.

兒啼不乳母何之 兒啼隣家兩不知
縱道不知還不妨 有知人看更堪悲
〈悼亡〉

핏덩이만 남겨놓고 아내는 한 줌 흙으로 돌아가고 말았다. 우는 애
차마 볼 수 없어 동냥젖을 먹이러 이웃집에 가 있건만, 어미도 애도
모르고 있다. 하기야 모르는 게 차라리 낫다지만, 알고 있는 나로서는
이 슬픔을 참을 길이 없구나!

이별 눈물

심희수

―

상여에 실린 향혼香魂 어딜 가며 주춤대나?
비단강 봄비에 붉은 명정銘旌 젖어드니,
아마도 고운 우리 님의 이별 눈물 그 아니랴?

一朶芙蓉載柳車 香魂何處去躊躇
錦江春雨丹旌濕 應是佳人別淚餘
〈有悼〉

　차마 못 떠날 길이기에, 상여도 머뭇머뭇 가다 서다 서다 가다 주춤
거리며 가고 있다. 명정이 젖어드는 금강의 봄비! 그건 비가 아니라,
어쩌면 임이 뿌리는 이별 눈물의 그 남은 한 가닥이 아닐는지?

자연의 아름다움

돌아오는 돛폭

이서구

—

저녁놀 걷히고 산마을 저물어올 제
돌아오는 돛폭 가득 석양이 눈부신데,
'어여차!' 노 젓는 소리 하늘 자락에서 쏟아진다.

殘霞斂汀舍 疊翠紛山郭
歸帆掛返照 天末櫓聲落
〈夕景〉

   돌아오는 돛배에 마지막 석양의 잔영이 걸려, 눈부시게 빛나는 돛
폭! '어기여차아!' 하는 뱃노래의 '차아' 하는 끝소리가, 마치 하늘 끝
자락에서 물벼락 쏟아져 내리듯 요란하게도 들려오는 것이다.

배꽃은 뚝뚝 지고

김충렬

—

허름한 옛 절간에 배꽃은 뚝뚝 지고,
깊은 밤 두견이 울어 그칠 줄을 모르는데,
휘영청 일천 봉우리엔 높고 낮은 달빛이여!

古寺梨花落 深山蜀魄啼
宵分聽不盡 千嶂月高低
〈山寺月夜聞子規〉

배꽃도 흐물흐물 낙화로 날리는 옛 절간에, 굽어보이는 산봉우리엔
달빛이 지천이다. 높은 산엔 높게, 낮은 산엔 낮게, 일천 산 봉우리마
다 달빛은 황황한데, 아득히 밤을 뚫고 들려오는 청 높은 두견이의 한
맺힌 소리! 배꽃과 달과 두견이, 이 세 가지 궁합의 옛시조로는, 저 고
려 때의 시인 이조년李兆年의, 누구의 입에서나 술술 풀려 나오는 명시
조가 있다.

이화에 월백月白하고 은한銀漢이 삼경인 제,
일지춘심一枝春心을 자규야 알랴마는,
다정도 병인 양하여 잠 못들어 하노라.

알맞게 내린 비

김매순

—

아물아물 붉은 꽃길, 막대 짚고 걷는 이 맛!
지난밤 한 자락 비 뉘 헤아려 맞췄는고?
꽃 피긴 알맞으면서 길은 질지 않게끔—

觸眼紅芳遲欲迷 杖藜開步到溪西
夜來一雨誰斟酌 纔足開花不作泥
〈出溪上得一絶〉

　꽃 피기엔 알맞고 길은 질지 않을 만큼 알맞게 비 오고 난 후 활짝
갠 맑은 아침! 일시에 '야' 소리라도 치듯, 서로 피기 다투는 황홀한
꽃길, 질지도 딱딱하지도 않게 녹진녹진 탄력이 붙은 길바닥을, 자늑
자늑 밟아 걷노라면 미투리(麻鞋) 바닥으로 전해오는 쫄깃쫄깃한 발바
닥 맛이 그만이다.
　아! 상쾌한 우후청雨後晴의 꽃길!

달 뜨기를 기다려

이집

―

숲으로 둘린 넓은 물결 가물가물 아득한데,
휘영청 가을 달빛 한 배 가득 싣고서야,
긴 피리 구성지게 불며 누대 앞을 지나간다.

平林渺渺抱汀洲 十頃烟波漫不流
待得滿船秋月白 好吹長笛過江樓
〈寄鄭相國〉

　달 뜨기를 기다려, 그 밝은 가을달 한 배 가득 만선으로 싣고서야,
밤배는 떠나간다. 긴 횡적橫笛 빗기 불며, 모두가 환송해주는 강루江樓
앞을 지나, 아득히 연파煙波 속으로 사라져가는 그 멋스러움!

구곡 폭포

손염조

―

하늘엔듯 한 필 비단 푸른 산에 걸려 있어
잇따른 물벼락에 천둥소리 요란한데,
흩어져선 야광주요, 둘러서는 연하*로다!

一匹文練掛碧巓 源流疑是上通天
飛噴觸石聲雷霆 散作明珠繞作烟
〈九曲瀑布〉

　시원스러이 흉금을 헹궈주는 비폭飛瀑의 장관이다. 하늘에서 드리
운 듯, 한 필 무늬비단을 산 위에다 걸었으니, 그 쏟아지는 물벼락 소
리는 영락없는 천둥소리인데, 물방울로 알알이 흩어져서는 구슬 구슬
야광주가 되고, 물연기로 사방을 에워 둘러서는, 자줏빛 노을 휘장을
쳐놓은 듯 그윽하고 장엄하다.

● 연하煙霞 | 연기와 노을.

동쪽 하늘 훤히 치워

박필규

—

초가집에 첫닭 울자 별 보며 모래내* 오니
동쪽 영마루엔 아침 해가 솟으려고
그 먼저 앞길을 치워 반 하늘을 열었더라!

茅屋鷄鳴後　見星到沙川

東嶺日欲出　先開一半天

〈晨行〉

　"에라 쉬—, 에라 게 들어섰거라. 해님의 행차시다" 하는 벽제辟除 소
리 들리는 듯, 고귀하고도 존엄한 아침 해의 행차를 위하여, 별무리며
구름 따위는 얼씬도 못하도록 길을 치워, 동쪽 반 하늘을 훤히 열어두
고, 해님 행차의 통과를 멀찌막이 머리 숙여 기다리고 있는 엄숙한 시
점의 상황이다. 억조창생들도 어서 잠을 씻고, 이 거룩한 행차를 맞이
하시라.

● 모래내(沙川) | 지금의 서울 서대문구 남가좌동. 북으로 통하는 간선도로의 경유
　지다.

안개 낀 새벽길

이광석

—

성문께는 "장작 사려…" 먼 닭 소리 속 들려오고,
큰 나무들 느닷없이 물 밑에선 듯 솟아나고
저 달도 날 따라 끄떡잦떡대는® 새벽 눈길의 찬 말굽
소리!

城門樵唱帶遙鷄 官樹出空如水低
馬上月隨人影動 五更殘雪聽寒蹄
〈曉行〉

　새벽을 재촉하며 길게 울어대는 그윽한 먼 닭 소리를 배음背音으로
"장작 사려…" 외치는 소리가 성문 근처에선 듯 들려오는데, 새벽안
개 자욱한 속을 말을 타고 달리노라면, 느닷없이 우뚝우뚝 나타나는
키 큰 나무들은, 마치 물 밑에서 솟아오르는 듯도 하다. 말 탄 자신의
끄떡잦떡거리는 마상의 리듬을 따라, 같은 가락으로 끄떡잦떡거리는
달의 몸짓이며, 녹다 남아 얼어붙은 눈 위로 부딪혀 나는 말발굽 소리

●끄떡잦떡거리다 | 달리는 말 위에서 몸이 심하게 동요되는 모양. 끄떡은 앞으로
숙여지는 모양. 잦떡은 뒤로 젖혀지는 모양.

손끝에 남은 향기

의 차가움 등, 이 놀라운 사실성을 음미할 것이다. 허사虛辭 하나 없이 빼곡히 들어찬 실사實辭, 기발한 감각, 뛰어난 관찰력과 묘사가 돋보이지 않는가?

홍류동에서

손후익

—

천 년 두고 흐르는 물, 만 년 두고 우뚝한 산
그 물 그 산 노닐다니 예야 진정 별천진데,
고운의 외론 자취는 한 조각 구름일레!

홍류동 진달래는 옛 봄빛 그대로요.
제시석題詩石 흰 얼굴은 그때도 저랬을 듯
진종일 흥얼거리며 돌아갈 길 잊었어라!

千年流水萬年山 之水之山別界間
仙客孤踪雲一片 名區方躅樹中間
紅花不改先春色 白石猶存上世顔
到此吾惟塵外物 沈吟竟日却忘還
〈紅流洞〉

홍류동은 가야산 해인사 쪽 골짜기 이름이다. 웅심한 한 골짝 물을
다 모아 흐르자니 수량이 많은데다, 봄이면 낙화된 진달래며 철쭉으
로 붉게 가득 흐르기에 붙여진 이름이다. 고운孤雲 최치원崔致遠이 뜻을
얻지 못하여 벼슬을 그만두고, 명승처를 두루 유랑한 끝에, 마지막으

손끝에 남은 향기

로 정착한 곳이 여기다. 처처에 그의 자취가 남아 있다.

　시 중에 보이는 '백석白石'은 이끼옷을 입어 희게 보이는 바위를 이름인데, 그 암벽 면에 고운의 다음 시가 새겨져 있어 제시석題詩石 혹은 치원대致遠臺라 불리어지기도 한다.

　　　　바위 바위 내닫는 물 천봉千峰을 우짖음은,
　　　　속세의 시비 소리 혹시나마 들릴세라,
　　　　일부러 물소리로 하여 산을 가득 메움일레!

　　　狂噴疊石吼重巒　人語難分咫尺間
　　　常恐是非聲到耳　故教流水盡籠山
　　　〈題伽倻山讀書堂〉

석양도 많을시고!

박순

—

억수로 쏟아지던 소나기 뚝 그치자,
울타리엔 도롱이, 처마엔 그물 널어
강 저편 어촌 집집엔 석양도 많을시고!

亂流經野入江沱 滴瀝猶殘檻外柯
籬掛蓑衣簷曬網 望中漁屋夕陽多
〈湖堂*雨後即事〉

그것들은 한껏 넓은 넓이로 가슴을 벌리고서, 서로 다투어 소리 높
여 하소연하며, 햇볕을 가슴 넓이 이상으로 듬뿍듬뿍 안겨주기를 탄
원하고 있는 듯하다. 이에 응답하듯 태양 또한 무심하지 않다. 그것은
마치 해바라기 밭의 수많은 해바라기 얼굴마다 태양의 응답이 깃들였
듯이, 온 마을 집집마다 벌려 편, 도롱이며 그물들의 많고 많은 가슴
가슴에, 아낌없이 아람아람 햇볕을 안겨주고 있는 광경이다.

望中漁屋夕陽多! 한 종교적 차원으로까지 승화되어 있는 이 한 구!
이야말로 신운神韻이 아니고 무엇이랴?

● 호당湖堂 | 서울 옥수동玉水洞에 있었던 독서당讀書堂의 별칭別稱이다.

작은 구름 한 조각이

성수침

—

작은 구름 한 조각이 아침 해를 가리더니
순식간에 두루 덮여 억수로 퍼붓는 비
온 골짝 콸콸거리는 물소리 그 한 소리….

朝日微茫翳復明 臥看天末片雲生

須臾遍合翻成雨 萬壑崩湍共一聲

〈山居雜詠〉

　아무리 큰 것도 작은 발단에서 시작되는 것. 구름 한 조각에서 시작
한 장대한 빗발! 순식간에 이루어놓는 절속^{絶俗}의 별천지! 대자연의
조화에 새삼 아연해하는 작자다.

싱그러운 푸른 연잎

서헌순

—

책 덮고 자다 깨니 차 다린 내 덜 가신 채,
문득 빗소리 발 너머로 들리더니,
한 연못 싱그러워라. 田田田한 푸른 잎들!

山窓盡日抱書眠 石鼎猶留煮皿烟
簾外忽聞微雨響 滿搪荷葉碧田田
〈偶詠〉

엽맥葉脈도 또렷한 전田자 모양의 수련 잎들, 보슬비 맞은 싱그러운
새 빛으로, 한 연못 가득 푸르게 빛나는 연잎들의 田田田한 그 광경
이, 현장을 보고 있는 듯 살아 있지 않은가?

산 얼굴은 좋을시고

이명채

—

산에서 난 산 구름이 산을 도로 뒤덮더니,
그 구름 뿔뿔이 돌아가길 다하고 나니
의연히 다시 나타난 산 얼굴은 좋을시고!

山雲本出山 還解蔽山巒
稍稍雲歸盡 依然更好顏
〈延壽山雲〉

연수산 골짜기를 가득 메워 잠자던 밤안개가 뭉게뭉게 피어올라 온 산을 뒤덮더니, 저들도 제 갈 곳으로 다 거두어 돌아가고 나니, 의연히 다시 나타난 그 산 모습 좋기도 하다!

'좋다(好)'는 말은 둥글둥글 미분화未分化 상태의 유기적 종합 찬미사 讚美詞다. 그 속에는 '아름답다, 착하다, 미쁘다, 덕스럽다, 거룩하다, 우러러 보인다…' 등등이 다 내포되어 있다.

배꽃에 달 밝은 밤

한익항

—

물같이 맑은 집 안 배나무 서린 가지,
밤은 깊었건만 잠들 수 차마 없네.
휘영청 꽃가지 끝에 달이 둥실 밝았거늘!

一室淸如水 簷端樹自交
夜闌人不寐 明月在花梢
〈詠庭前梨樹〉

　잠이 어이 차마 오랴? 저 꽃 저 달이 서로 얼려 밝았거늘, 저 꽃 저
달 두고 무슨 청승으로 잠을 자랴? 두견이 소린 없을망정 공연스런
한스러움, 잃어버린 청춘 그림자가 꽃그늘에 일렁이듯, 그리움인가?
외로움인가? 밀려드는 이 아쉬움, 이 허전함!

봄빛도 한물이 되니

황현

—

아침 해 곱게 물든 노을 비친 물가 집에
복사꽃은 비단이요 배꽃은 눈인 것이
봄빛도 한물이 되니 꽃도 꽃이 아닐레라.

初日戎戎染細霞 晴光一道水邊家
絳桃如錦梨如雪 花到深春不是花
〈幽居信筆〉

　'꽃도 꽃이 아님' 무엇이란 말인가? '비단'이요 '눈'이더란다. 직유
법으로선 직성이 풀리지 않아, 은유법으로 바꿔본 표현이지만, 이로
써 스스로 만족했을까? 꽃의 그 매혹스러운 생명의 미소를, 다른 무
엇으로 대체 비교해본들, '꽃'에서는 점점 멀어져만 갈 뿐이니 어이하
랴? '꽃'은, 이 세상의 가장 아름다운 것의 비유는 될 수 있을지언정,
이 세상의 가장 아름다운 것도, 꽃에 대체 비교될 수 없기 때문이다.

산사의 가을

유원주

—

흰 구름 붉은 단풍 헌 절간을 둘렀는데,
산승은 삼경 달 아래 탑돌이를 하고 있고,
냇가엔 학 한 마리 한 점 가을로 서 있다.

山寺依然似舊遊 白雲紅樹擁虛樓
僧歸塔下三更月 鶴立溪邊一點秋
〈夢遊山寺〉

절간은 여전히 흰 구름 붉은 단풍으로 둘렀는데, 무슨 생각하다 밤
깊도록 잠 못 이루고, 번뇌를 식히느라 삼경 달 아래 탑을 돌고 있는
산승! '가을'의 표상인 양, 외다리로 목 늘이고 서 있는 냇가의 학 한
마리! 가을 절간은 깊은 밤에도 늘 이런 양 깨어 있다.

그림 속의 국화

남병철
—

한 울타리 오두막에 병 펑계로 환을 치니,
가을 들어 우리 집엔 두세 식구 늘었어라!
흰 국화 누른 국화에 산국화 떨기로다!

數椽板屋一圈籬 因病偸閒學畫師
秋後家添新眷屬 白黃山菊兩三枝
〈菊〉

병 펑계로 들어앉아 그림을 그리고 있다. 두세 떨기의 누른 국화 흰
국화 산국화를 정성 들여 그려낸 새 족자엔, 그윽한 오상고절傲霜孤節의
늠연凜然한 기氣와 향香이 넘치는 듯, 사랑하는 새 가족으로 등장하게
된 것이다.

연잎에 구는 빗발

신응시

—

실버들에 북 나들듯 꾀꼬리 우짖더니,
소나기 한 자락이 연못을 지나갈 제,
빗발은 문득 알알이 야광주로 바뀐다.

金梭織柳晚鶯呼 驚起西床客夢孤
一霎荷塘山雨過 乍看銀竹*變明珠
〈芙蓉堂〉

　　날실처럼 치렁치렁 드리운 실버들 가지 사이로, 북이 드나들 듯 꾀
꼬리는 나며 들며 극성스러이 울어쌓더니, 급기야 소나기 한 줄기가
지나간다. 한 연당 가득 싱그러운 푸른 연잎 위로 떨어지는 빗발은,
연방 진주가 되고 야광주가 되어 억천만 개의 구슬 구슬이 하얗게 굴
러 떨어지고 있다.

● 은죽銀竹 | 빗발. 빗줄기.

　　　　　　　　　　　　　　　　　　　　손끝에 남은 향기

자조 자탄

월천을 건너며

홍익한

—

아득한 긴 강물에 저 작은 배 한 척이
오가는 나그네를 그 얼마나 건네준고?
부럽다. 난 반생토록 제물공*이 통 없구나!

渺渺長川短短蓬 行人從古幾東西
腐儒不及長年汝 半世嗟無濟物功
〈忠州月川〉

제세안민濟世安民하겠다던 젊었을 때의 큰 포부가, 살아갈수록 점점
오그라드는, 이 불여의不如意한 현실 앞에, 이러한 탄식이 어찌 이 길손
뿐이리오?

● 제물공濟物功 | 제세안민의 공. 곧 세상을 구제하고 백성을 편안하게 하는 업적.

손끝에 남은 향기

금강을 건너며

윤종억
—

비에 젖는 한 길손이 나루턱에 서 있나니,
'제세안민하겠다던 당초의 큰 포부가
한 조각 거룻배의 사공만도 못하구나!'

錦江江水碧於油 雨裏行人立渡頭
初年濟世安民策 不及梢工一葉舟
〈渡錦江〉

나루터에 서서 사공을 기다리고 있는 길손, 그도 초년에는 제세안
민을 꿈꿔왔건만, 제세는커녕, 지금은 제 한 몸도 건사하지 못해, 사공
의 신세를 지려 하고 있는 것이 아닌가? 이 또한 자조요 자탄이다.

평택을 지나며

성하창
—

아는 이 없는 고장 말도 지친 먼먼 길을
남북으로 오며 가며 무슨 일을 이뤘는고?
백발이 가득한데도 돌아가지 못하누나!

倦馬長途相識稀 風吹柳絮入春衣
旅遊南北成何事 白髮滿頭猶未歸
〈平澤途中〉

　　인생이란 괜히 스스로 바쁜 것(人生空自忙), 아무 성과도 없는 일을 한
답시며 객지를 전전하는 사이 어느덧 백발이 가득하다. 그런데도 아
직 마상馬上 신세를 면치 못하고 있다는, 이 또한 자조요 자탄이다.

아침 술에 근드렁근드렁

임유후
─

아침 술에 그물그물 관도 삐뚜름, 책을 펴니 글자들도
삐뚤빼뚤
서당 애들 수군수군 킬킬대는데,
비바람 뜰꽃을 다 망쳐도 내 알 바 아니란다.

卯酣和睡岸烏紗 文史搜來字半斜
童子繞床爭笑語 不知風雨掃階花
〈絶華〉

    아침 술에 몽롱해진 백주白晝의 취정이다. 세상 만물이 바로 보이는
것이 없다. 비바람이 작란해도 천하태평 나 몰라라! 세상 사람이 비웃
어도 내 알 바 아니란다. 혼자 근드렁근드렁 취중신선의 태평성대다.

없는 돈이 나올 리야

이달

—

왕서방 비단 전엔 붉은 노을 서렸는 듯,
"치맛감 일품이네" 미인이 탐을 내나,
주머닐 뒤집어본들 없는 돈이 나올 리야?

商胡賣錦江南市 朝日照之生紫煙
佳人欲取作裙帶 手探囊中無直錢
〈錦帶曲贈孤竹使君〉

　　고죽孤竹 최경창崔慶昌이 영광 군수로 있을 때, 이달이 그의 문객門客
으로 얹혀살 던 때의 이야기다. 사랑하는 기생이 붉은 비단 옷감을 보
고, 치마 한 감 해 입었으면 하고 탐을 내나, 사줄 수 없는 딱한 심정을
이달은 이렇듯 시에 담아 고죽에게 보냈다. 고죽이 이를 보고, 이달의
시는 일자천금一字千金이라 하고 값을 치러주었다는 일화의 시다.

꽃 꺾어 머리에 꽂고

왕백

—

시골집 간밤 비에 복사꽃이 활짝 폈다.
허옇게 센 귀밑머리 취중에 깜박 잊고
꽃 꺾어 머리에 꽂고 봄바람 앞에 섰네.

村家昨夜雨濛濛 竹外桃花忽放紅
醉裏不知雙鬢雪 折簪繁蕚立東風
〈山居春日〉

　술에 취하고, 꽃에 취하고, 봄바람에 취하여, 그예 나이도 깜박한
채, 꽃 꺾어 머리에 꽂곤 봄바람 앞에 썩 나서서, 청춘인 양 착각하고
있는 이 주책바가지! 신로심불로身老心不老의 촌극이며, 술 깬 뒤엔 당
연히 따를 자괴自愧, 자조自嘲, 자탄自歎이다. 옛시조에도,

　마음아 너는 어이 매양에 젊었느냐?
　내 늙을 적이면 넨들 아니 늙을소냐?
　아마도 너 좇아다니다가 남 웃길까 하노라.
　―서경덕

뉘라서 날 늙다턴고 늙은이도 이러한가?
꽃 보면 반갑고 잔 잡으면 웃음 난다.
춘풍에 흩나는 백발이야 낸들 어이하리오?
— 이중집

세상인심

최곤술

—

산이 높다 해도 오르려면 오르겠고,
물이 깊다 해도 건너려면 건너련만
어찌타! 세상인심은 오르도 건너도 못할런고?

山高高登可登 水深深渡可渡
不高不深世人心 登莫登渡莫渡
〈山水歌〉

몇 번이나 '믿는 도끼에 발등을 찍힌' 나머지의 탄식이다.
정히 '열 길 물속은 알아도, 한 길 사람 속'은 알 수 없는 일!

노름빚에 졸려

이옥
—

시집올 때 입었던 그때 그 다홍치마
남겨두었다가 수의로 쓰렸더니
낭군의 노름빚에 졸려 울며 팔고 돌아왔네.

嫁時舊紅裙 留欲作壽衣
爲郞投賤債 今朝淚賣歸
〈俚諺〉

　　신혼 때 입었던 녹의홍상綠衣紅裳을, 죽은 후의 수의로 쓰려고 농 밑
깊이 간직해두었던 것을, 낭군의 노름빚에 졸리다 못해 팔았다니, 얼
마나 애석하랴? 철부지 낭군 거두는 정성이 이만할진대, 낭군 철나면
더 큰 사랑으로 갚아지리라.

친구 없이 마시는 술

권필

—

벗 만나면 술이 없고 술 있을 땐 벗이 없네.
한평생 이내 일이 매양 이리 엇갈리니,
허허허! 크게 웃고는 혼자 거푸 서너 잔!

逢人覓酒酒難致 對酒懷人人不來
百年身事每如此 大笑獨傾三四杯
〈尹而性有約不來獨飮數器戲作俳諧句〉

매사 불여의不如意함을 한탄하는, 서글픈 한바탕 웃음 끝에, 연거푸
들이켜는 서너 잔의 술!

궁류시宮柳詩로 시화詩禍를 입어, 귀양 가는 도중 폭음하고 숨을 거둔,
그의 불우한 종말을 아울러 생각하면, 이 독작獨酌에 깃들인 인생무상
이 너무도 서글프지 않은가?

봄에게 물어본다

이황

—

꽃 아래 잔 멈추고 봄에게 물어본다.
널 더불어 이 청춘을 맘껏 누려보려 해도
어이해 즐거움보다 괴롭기만 하는고?

花下停杯試問春 來從何處去何濱
縱然極意芳年事 不解寱人却惱人
〈紅桃花下有懷季珍〉

때가 봄이요 나 또한 청춘이니, 이 좋은 한때를 어이 허송하랴? 질탕히 한바탕 신나게 놀아보고 싶은 충동대로 해보려 할수록, 그러나 봄아! 너는 어찌해 나를 즐겁게 해주기는커녕, 도리어 내 마음을 갈피 못 잡게 괴롭히고만 있는 것인지 모르겠구나! 이 또한 춘흥春興보단 춘수春愁가 더한 봄날의 역설이다.

국화를 대하여

이색
—

어딜 가나 요 몇 해째 마음 붙일 곳이 없다.
우연히 동쪽 울타리 바라보다 얼굴이 화끈했네.
국화는 진짜이건만 도연명은 가짜기에—

人情那似物無情 觸境年來漸不平

偶向東籬羞滿面 眞黃花對僞淵明

〈對菊有感〉

도무지 마음이 안정되지 않는 요 몇 해째, 그렇다고 목석처럼 인정
까지야 메말랐으랴마는, 우연히 동쪽 울타리의 국화를 바라보다 문득
얼굴이 빨개졌다. 도연명은 저 유명한 그의 시에서,

'동쪽 울타리에 국화를 따다
느직이 남산을 바라보노라
採菊東籬下 悠然見南山' 하고 읊었다.

국화를 따던 도연명의 시선은 느직이 남산으로 옮아가면서, 인생의
참 맛과 참 멋을 누렸던 것이다.

국화는 그가 사랑하던 그 황국화에 틀림없건만, 국화를 바라보는 이 나는, 한갓 그 시늉만 하고 있는 가짜 도연명이 아니랴? 하는 생각이 들자, 얼굴이 화끈해졌던 것이다.

한 치 앞도 내다보이지 않는 고려 말 정계의 흉흉한 소용돌이 속에 처해있는, 자신의 초조 불안한 마음 상태를 한탄한 작품이다.

봄은 시름일레

서거정

—

매화는 이미 지고 실버들은 금빛인 제,
봄시름 봄 흥치는 어느 편이 더 짙은고?
제비도 채 아니 오고 꽃도 미처 안 폈건만—

金入垂楊玉謝梅 小池春水碧於苔

春愁春興誰深淺 燕子不來花未開

〈春日〉

　봄이 오면 만사가 여의如意해질 듯 신나게 기다려지지만, 막상 봄이
움트기 시작하면 사정은 달라진다. 봄을 앓는 사람들! 봄은 고뇌하는
계절이며, 여위는 계절이다. 그리움 때문일까? 그리움은 이별을 경험
한 사람들에게만 오는 것은 아니다. 오히려 막연히 그리워지는 그리
움! 그것이야말로 봄시름의 주종이라 할 만하다. 내 한 몸이 다가 아
닌, 있어야 할 그 누군가가 비어 있는 듯 허전함, 여럿 속에서도 느껴
지는 혼자라는 외로움, 꽃을 봐도 풀리지 않는 한스러움, 새삼스레 싹
트는 인생에 대한 회의…. 봄은 신나는 일보다는 시름하는 일이 많은
계절임을 말해주고 있다.

당의 시인 가지賈至의 〈춘사春思〉를 함께 읽어보자.

꽃과 풀 흐드러진 봄은 이제 왔건마는
봄바람은 내 시름 날려가주지 않고,
봄날은 한을 일깨워 길게만 늘여놓네.

草色靑靑柳色黃 桃花歷亂李花香
東風不爲吹愁去 春日偏能惹恨長

봄이 오기만 하면, 봄날의 다사로운 봄바람은 내 시름도 한도 다 휩쓸어 날려줄 줄 알았더니, 막상 봄이 오니, 그게 아닐 뿐 아니라, 도리어 잠들었던 온갖 정한을 다시 일깨워서는, 길어진 봄날의 하루해처럼, 한숨만 길게 길게 늘려줄 줄이야!

풍자 해학

이가 부러짐에 장난삼아

박순

―

이 늙은이 사씨謝氏 아니니, 북 던질 이 뉘 있으리?
이빨 상해 밥 먹을 때 방해만 될 바에야
차라리 가난한 살림 죽 먹음이 제격일다!

老子風流非謝氏 山中豈有擲梭人
自凋牙齒妨餐飯 煮粥還宜白屋貧
〈齒碎戲題〉

　진쯥의 사곤謝鯤이 이웃 고씨高氏 집 처녀를 넘보다가, 그녀가 던진
북에 맞아 앞니 두 개가 부러진 고사를 들먹이며, 이가 부러졌는데도
당황하기는커녕, 오히려 익살을 부리고 있는, 이 능청! 이 여유! 이 달
관!

정사와 호피

조식

—

사람들 정사正士 사랑함이 호피虎皮 좋아함 같네.
살았을 젠 죽이고 싶도록 미워 미워하다가도
마침내 죽고 나면 다들 아름답다 일컫누나!

人之愛正士 好虎皮相似
生前欲殺之 死後方稱美
〈偶吟〉

　정사正士란 올곧은 선비다. 꼬장꼬장 홀로 우뚝하여 시속에 타협하
지 않고, 권력에 굽히지 않으며, 불의를 용납하지 않는 정의지사正義之
士다. 그래서 속유俗儒, 부유腐儒들이 스스로 발이 저려, 속으로 경계하
고 시샘하다가도, 그가 죽고 나면 더 이상 경계할 일도 시샘할 일도
없어져버리기에, 그제야 비로소 그 학문과 행의行誼를 찬양함으로써,
자신도 정사인 양 가장하는, 그런 사이비 선비들의 얄팍한 인심을 개
탄한 것이다. 그것은 마치, 살아 있는 호랑이는 무서워서 미워하다가
도, 죽은 후의 그 가죽은 아름답다며 탐내는 것과 다를 것이 없지 않
은가?

장난삼아 무녀에게

이지천
—

비단 적삼 소맷귀에 향내 솔솔 풍겨나고
하늘하늘 가는 허린 한 줌은 실히 될 듯,
밤 되면 무산 신녀로 가끔 비도 뿌리려니—

越羅衫袂動生香 嫋娜纖腰一掬强
晚入巫山作神女 時隨行雨下高唐
〈戲贈巫女〉

  낮에는 무녀이다, 밤이면 무산巫山의 신녀神女가 되어, 정인을 만나
운우의 정을 누릴 듯도….

서울 거리에서

이달

—

서울 거리 곳곳에서 만나는 고관 행차
수레에 흐르는 물, 그 말은 용일레라.
지척의 그대 집 문이 아홉 겹이나 가렸는 듯—

好爵高官處處逢 車如流水馬如龍
長安陌上時回首 咫尺君門隔九重
〈洛中有感〉

　고관대작의 행차며 저택이, 마치 구중궁궐에 사는 군주의 그것인
양, 지나치게 호화롭고 권위적임을 넌지시 비꼰 내용이다.

치고받다 마는 싸움

김옥균

—

병아리 한 무리가 왠지 가끔 싸우는데,
몇 차례 날개 탁탁 부딪치단 멈칫 서서
애틋이 바라보다간 문득 그만두고 만다.

養得鷄雛十許頭 時來挑鬪沒因由
數回膈膊還停立 脉脉相看便罷休
〈鷄〉

　소위 애국애족이란 미명 아래, 정당 당원들이 반대당 당원들과 그
야말로 반대를 위한 반대로, 공연히 트집 잡아 맹렬한 기세로 싸우다
가는, 결국 흐지부지 그만두는 따위의 정쟁을 꼬집은 것이다.

뻐꾸기 우는 고장

정의윤

―

이른 새벽 말을 채쳐 성 안으로 달려오니
사람 없는 울타리엔 살구만 익었는데,
뻐꾸긴 난리 난 줄 모르고 밭갈이나 하란다.

凌晨走馬入孤城 籬落無人杏子成

布穀不知王事急 傍林終日勸春耕

〈書江城縣舍〉

　나라에 왜구가 들었으니, 특히 강해안江海岸 경계를 철저히 경비하라
는 공문을 가지고, 이른 새벽 말을 채쳐 현청으로 달려왔건만, 여기는
태평세월, 사람 없는 울타리엔 살구가 노랗게 익어 있고, 뻐꾸기는 뻐
꾹뻐꾹 밭갈이나 하라 권하고 있다. 이런 평화경을 노략질하는 왜구
의 저주스러움이, 한결 대조적으로 두드러짐을 볼 것이다.

마냥 바쁜 해오라기

임억령

—

헌함에 기대서자 백로도 여울에 선다.
나와 백로와 백발은 같다마는
이 몸은 한가로우나 저는 마냥 바쁘구나.

人方憑水檻 鷺亦立沙灘
白髮雖相似 吾閒鷺未閒
〈鷺〉

　내가 정자 난간에 기대면서 무심히 바라보노라니, 때마침 해오라기
한 마리가 여울목에 내려선다. 나의 흰 모발과 저의 흰 깃털은 서로
비슷하다마는 속내는 딴판이다. 흔히들 은사의 한정閒情을 백로에 비
겨 그들의 벗으로 내세우지마는, 그러나 보라. 저들은 구복口腹을 위해
매양 한가로울 겨를이 없지 않은가?

시름 잊고 섰는 백로

이규보

—

고기랑 새우랑 앞 여울엔 꽤나 많아
출출해 물 가르고 들어가려 하는 차에,
어머나! 사람을 보자 기겁하여 돌아가네.

깃털 옷 비에 젖으며 사람 가길 기다릴 제,
마음은 오직 하나 물고기에 가 있건만,
모두들 "세상 시름을 다 잊고 섰다" 하네!

前灘富魚蝦 有意劈波入
見人忽驚起 蓼岸還飛集
翹頭待人歸 細雨毛衣濕
心猶在灘魚 人道忘機立
〈蓼花白鷺〉

은사들은, 갈매기·해오라기·두루미 따위 백우족白羽族을, 자기네들
친구인 양 환대하며 시가로 찬양한다. 매양 수려한 몸매에 기심機心이
없는 한가로운 자태가, 자기네와 상통한다는 것이다. 그러나 상통한
점은 오히려 딴 데 있으니, 보라! 저들도 늘 구복口腹에 얽매여 먹이를

낚아챌 기회를 노리고 있음이, 마치 은사들이 실각하기 이전의 권좌로 권토중래의 기회를 은근히 노리고 있음과, 그 속내에 있어 무엇이 다르다 할 것인가?

여울에 선 해오라기

정렴

一

여울에 선 해오라기 깃털도 고울시고!
철부지는 속내 몰라 세상 근심 없다지만
고기만 엿보고 있는 네 심보가 한심하다.

白鷺立淸灘 皓潔毛羽新
村童不曉事 錯認忘機人
一念在窺魚 歎爾心匪仁
〈詠白鷺〉

　일거에 판세를 뒤집어 권토중래해보려고, 호시탐탐 기회만 노리고
있는 정객들의, 겉으론 점잖은 듯 무심한 듯 가장하면서, 속으로 품고
있는 앙앙지심怏怏之心을 꼬집어 한탄한 작품이다.

게으름 팔기

원송수

—

게으름이 자고로 돈 될 리 없건마는
'게으름 사려! 게으름 사려!' 서로들 외쳐대네.
금년도 예년과 같이 서로 다퉈 사라 하네!

慵懶由來不直錢 相呼相賣謾爭先
世人肯把千金擲 今歲依然似去年
〈正朝賣慵懶〉

　　정월 대보름날 아침 "더위 사려!" 외치듯이, 정월 초하룻날 아침
"게으름 사려!" 외치는 것은 다 세시풍속의 하나다. 더위에 약한 아
이, 글 읽기에 게으른 아이를 거리로 내몰아서, 자기 허물을 복창하게
함으로써 저의 좋지 못한 버릇을 깊이 깨닫게 하려는, 어른들의 귀염
반 익살 반의 제재 조치로 창안된 것이리라. 마치 오줌싸개를 키를 덮
어 씌워 이웃집 소금을 꾸어오게 하듯이—.

　　　　　　　　　　　　　　　　　　　　손끝에 남은 향기

산꽃아 나랑 놀자

임광택

—

산꽃은 말쑥하고 들꽃은 빛이 짙어,
놀이꾼은 그 아마도 들꽃을 택하려니
산꽃아! 너는 이리와 늙은 나랑 놀자꾸나!

山花高潔野花濃 等是韶華亦異容
野花應有遊人賞 分寸山花伴老儂
〈春日雜興〉

　　같은 봄꽃이지만, 산꽃은 색이 엷고 말쑥하여 고상한 한편, 들꽃은
색이 진하고 화려하며 아리땁다. 사람들의 취향도 서로 달라, 놀기 좋
아하는 젊은이들이야 응당 들꽃을 선호할 것이나, 나는 너 산꽃을 사
랑하노니, 나랑 짝함이 어떠하냐? 산꽃에 기대어, 담결淡潔하고 고상함
을 자처自處함이다.

얼레빗 참빗으로

유몽인

—

얼레빗 참빗으로 머리 빗겨 이를 잡네.
어쩌면 천만 길의 큰 빗을 장만하여
만백성 머리를 빗겨 이 소탕해볼거나!

木梳梳了竹梳梳 亂髮初分蝨自除
安得大梳千萬丈 一梳黔首蝨無餘
〈詠梳〉

권력에 기생하여 위로 아부하고 아래로 군림하여, 백성의 고혈을
빼는 간악한 관리를 슬관蝨官이라 한다. 혐오의 극치인 슬관을 철저히
소탕해버림으로써야 구현될 정의 사회에의 염원을, 해학적으로 다룬
신랄한 풍자시다.

손끝에 남은 향기

백발을 비웃으며

장지완

—

남들은 밉다지만 백발이 난 좋으이!

오래 산다는 건 준신선準神仙은 아니 되랴?

보게나! 몇 사람이나 이 경지에 이르렀나를—

人憎白髮我還憐 久視猶成小住仙

回首幾人能到此 黑頭爭去北邙阡

〈白髮自嘲〉

　　남들은 백발을 보기 싫다지만, 오래 산 징표란 관점에서 보면, 그 얼
마나 거룩한가? 세상에는 비명으로 가는 이도 많은 가운데, 흐뭇이 삶
을 누리는 장수야말로 신선 다음쯤은 된다 할 수 있지 않으랴? 이렇
게 스스로 위로도 해보지만, 그럼 그 많은 세월 동안 이룬 것이 무엇
이냐? 자문하다가는 스스로 비웃곤 하는 것이다.

친구를 기다리다

박성혁

—

해마다의 중구 약속 오늘 또 어긋나네.
울타리 밑 두어 떨기 국화꽃 꽃들마저
온다며 안 돌아오는 그대를 웃고 있네.

年年重九約 今日又相違
離下數叢菊 笑君歸未歸
〈九日大菊懷洪僉使〉

　중구에는 꼭 와서 국화주로 함께 취해보자던, 해마다의 약속을 해마다 식언하는 친구! 오늘도 기다리다 지친 끝에, 국화의 비웃음을 빌려 부드럽게 나무라는 그 속에, 그리움과 허전함과 아쉬움이 서려 있다.

맘 못 놓는 물고기들

이규보

—

물고기랑 뜨랑 잠기랑 자유 누려 논다지만
생각하면 잠깐인들 맘 놓을 틈이 없네.
어부들 돌아가자마자 백로가 또 엿보는 걸—

圍圍紅鱗沒又浮 人言得志任遨遊
細思片隙無閑暇 漁父纔歸鷺又謀
〈詠魚〉

　어찌 물고기뿐이랴? 약육강식이 관행되는, 이 세상 어느 생물이 이
에서 자유로울 수 있으며, 인간 또한 예외이랴?

봄은 가건마는

백광훈

—

봄은 가건마는 병든 이 몸 어쩔 수 없어,
문 나설 때는 적고, 닫을 때가 더 많구나.
두견인 꽃이 그립다 지다 남은 청산에 우네.

春去無如病客何 出門時少閉門多
杜鵑空有繁花戀 啼在靑山未落花
〈春後〉

　봄이 오면 병든 몸도 털고 일어날 수 있을 듯이 간절히 기다려지
던 봄, 그 봄이 오고, 이젠 그 봄이 가건마는, 이 몸은 별수 없이 누워
지내는 날이 많을 뿐, 봄을 누려보지도 못한 채, 가는 봄을 멀거니 바
라보고 있을 뿐이다. 두견이도 지는 꽃이 안타까워서, 이미 푸르러진
산의, 떨어지다 남은 꽃그늘에서 저리도 애타게 울어쌓고 있는 것이
리라.

호기 풍류

사나이 스무 살에

남이
—

백두산 돌은 칼을 갈아 다 닳도록, 두만강 물은 말을
먹여 마르도록
사나이 스무 살에 나라 평정 못한다면
뒷세상 그 어느 누가 대장부라 이르랴?

白頭山石磨刀盡 豆滿江流飮馬無
男兒二十未平國 後世誰稱大丈夫
〈北征〉

대치 상태에 있던 여진에 대한 국방의 각오를 펼친, 장군다운 기개
가 넘치는 작품이다. 유자광柳子光은, 이 시의 '男兒二十未平國'의 '평
平' 자를 '득得' 자로 고쳐, '사나이 스무 살에 나라를 얻지 못하면'의
뜻이 되게 함으로써, 남이가 역모를 꾀한다고 무고하여, 사형당하게
한, 바로 그 문제의 시다.

'平'은 평성平聲이요, 이에 대입된 '得'은 측성仄聲이라, 당장 평측율平
仄律이 깨지는 것만으로도 그것이 조작인 줄 쉬 밝혀졌으련만, 충신 간
신을 못 가려보는 혼미한 조정이 그저 딱할 뿐이나, 시기 모함하는 용렬
한 소인배며, 파쟁과 당벌이 오늘날도 극성이니, 다시 무슨 말을 하랴?

비로봉에 올라

이이

—

정상에 우뚝 서니 만 리 바람 시원하다.
푸른 하늘은 내 머리에 쓴 모자요,
동해는 내 손에 쳐든 한 잔 술일레라!

曳杖陟崔嵬 長風四面來
靑天頭上帽 碩海掌中杯
〈登毘盧峰〉

　거시관적巨視觀的 미시관微視觀이다. 하늘은 모자로 쓰고, 동해물은 손
바닥에 쳐든 한 잔 술! 천하가 한눈에 쏙 들어오는, 비로봉 정상에서
의 유아독존이다.

만리풍에 가슴 열어

이황

—

푸른 산 푸른 물, 구름도 천 봉 만 봉
석양 비낀 높은 대에 막대 끌고 올라서니
만리풍 가슴을 열어 한 번 빙긋 웃노라!

天末歸雲千萬峯 碧波靑峰夕陽紅
携節急向高臺上 一笑開襟萬里風
〈書季任倦遊錄後〉

  우주 만상이 한눈에 들고, 만물의 이치가 손에 잡히는 듯, 탁 트이는
흥금, 호호연浩浩然한 기우氣宇에, 그야말로 '회심의 미소'가 모르는 사
이에 흘러나온 것이리라.

천지가 너그럽다

곽연

—

오늘 아침 맑은 눈길 남산이 흥겨워라!
두건도 삐딱한 채 '휘이익' 한 파람 불고 나니
비로소 알겠더구나! 천지가 너그러운 줄―

今朝展清眺 詩興屬南山

岸幘發長嘯 始知天地寬

〈寄元校書松壽〉

흐뭇이 잘 자고 난 아침, 일어나 창을 열친다. 탁 트인 하늘 끝에 남산이 눈에 든다. 좋은 시상이라도 얻을 듯 시흥이 동한다. 두건 삐딱해진 채, 긴 휘파람 한 파람 '휘이이익' 불어본다. 천지에 거리끼는 것이 없고 끝닿는 데가 없다. 비로소 알겠구나. 하늘땅이 '너그러운 줄을'―. 나도 그 너그러움을 체득하여 한 세상 너그럽게 살고지고!

눈에는 청산이요

윤선도

—

눈에는 청산이요 귀에는 거문고라.
가슴 가득 넓은 기운 아는 이 바이없어
한 곡조 미친 노래를 혼자 불러보노라!

眼在靑山耳在琴 世間何事到吾心
滿腔浩氣無人識 一曲狂歌獨自吟
〈樂書齋偶吟〉

　거문고를 타며 청산을 바라보고 있노라면, 세간의 아웅다웅 다투는
소리야 어느 틈으로 들려오겠는가? 한 가슴 가득 넘치는 삶의 즐거움
을 주체할 길이 없어, 즉석에서 튀어나오는 대로의, 다듬어지지 않은
시나 시조를 거리낌 없이 함부로 소리 높여 불러보기도 하는 것이다.
　그런 과정에서 얻어진 그의 수많은 시조며 한시. 그의 작품의 태반
은 이런 식으로 얻어진 것이라 해도 과언은 아니리라.

꽃과 달과 술

송익필

—

꽃 있어도 달 없으면 꽃향기 줄어들고,
달 있어도 꽃 없으면 달빛이 외롭지만
꽃과 달 술까지 있고 보면 나야말로 신선이지!

有花無月花香少 有月無花月色孤
有花有月兼有酒 王喬*乘鶴是家奴
〈對酒吟〉

꽃과 달과 술과 벗은 서로가 서로를 필요로 하는 천연의 낭만물이
다. 옛시조 한 수 함께 읽어보자.

꽃 피면 달 생각하고 달 밝으면 술 생각하고,
꽃 피자 달이 밝자 술 얻으면 벗 생각하네.
언제면 꽃 아래 벗 데리고 완월장취玩月長醉하려뇨?
—이정보

● 왕교王喬 | 피리를 불며, 학을 타고 다닌다는 신선 이름. 왕자교王子喬.

꽃과 술과 벗

고의후

—

꽃 있고 술 없으면 그 한숨 어이하며,
술 있고 벗 없으면 그 또한 어이하리?
세상 일 유유하거니 꽃 보며 술 마시며 길이 노래하자
꾸나!

有花無酒可堪嗟 有酒無人亦奈何
世事悠悠不須問 看花對酒一長歌
〈詠菊〉

　꽃과 술! 하면 친구 생각은 인지상정이렷다. 용하게 우리 만났으니,
유유한 세상일일랑 느직이 제쳐두고, 꽃 보며 술 마시며 길이 노래하
며 이 밤을 즐기자꾸나!

　　　　　　　　　　　　　　손끝에 남은 향기

영남루에서

손중돈
—

푸른 산 뚝 끊어진 푸른 강 언덕배기
층층 누가 층층으로 흐름을 눌렀구나!
거나히 저무는 풍경! 달 밝은 호반을 차마 못 뜨네.

青山斷處碧江頭 樓壓華堂堂壓流
小醉未醒風景暮 月明湖上儘堪留
〈嶺南樓〉

영남루는 밀양에 있는 영남 제일의 진루鎭樓다. 태백산맥과 낙동강
이 마주쳐 이루어진 천연 절벽 위에 우뚝 솟은 웅대한 누각이다. 육중
한 다락이 층층으로 강상江上에 군림하여 강류江流를 진압하고 있으니,
강물도 흐름을 멈추고 호수를 이루어, 누영樓影을 호심湖心에 받들었다.
이런 풍광처風光處에 어찌 한잔 술을 사양하랴? 적이 얼근한 가운데 어
느덧 접어드는 모경暮景! 달빛 아래 펼쳐지는 또 하나 딴판인 새로운
경관! 얼른 자리를 뜨지 못하는 황홀한 풍광이다.

술 익는 어느 집에

정이오

—

이월 가고 삼월 오니 꿈결엔 듯 봄이 왔네.
천금으로도 사지 못할 이 좋은 이 봄밤을!
술 익는 그 어느 집에 꽃은 활짝 피었는고?

二月將闌三月來 一年春色夢中回

千金尙未買佳節 酒熟誰家花正開

〈次韻寄鄭伯亨〉

　　춘소일각가천금春宵一刻價千金의 아름다운 봄밤! 술 익는 어느 집엔들
꽃은 환히 피어나고 있지 않으랴? 상상만으로도 넉넉히 살맛 나는 낭
만의 밤이다.

　　꽃이라 해서 어찌 꽃만을 이름이랴? 해어화解語花도 은근슬쩍 한몫
하고 있을 것은 이르나마나다.

국화가 웃을세라

신위

—

친구 함께 잔 들어야 제 맛이라 할 것이나,
없을 때야 혼자라도 나쁘지는 않다 하리—
빈 술병 국화가 웃을세라, 책과 옷을 잡혔네.

有客同觴固可意 無人獨酌未爲非
壺乾恐被黃花笑 典却圖書又典衣
〈菊花〉

　친구가 없는 바에야 독작인들 나무랄 것은 못 되지만, 때는 바야흐
로 중양절! 울타리 밑 국화는 한껏 약이 올라 향기가 진동하는데, 술
살 돈이 없으니 어찌하랴? 누워 있는 빈 술병 국화도 웃을세라, 책이
랑 옷이랑 전당 잡히고 술을 사왔다니, 그 극성도 보통은 아닌 것 같
다. 혼자 만판 마시고 혼자 근드렁근드렁 했으렸다.

아내가 술을 끊으라기

권필
―

요 며칠 마신 술맛 오늘따라 더하구나.
술 끊으란 당신 말이 옳기는 하다마는
어쩌랴! 저 국화를 두고 차마 어이할꺼나!

數日留連飮 今朝興更多
卿言也復是 奈此菊枝何
〈室人勸止酒〉

이리도 엄살을 부려대니, 아낸들 차마 어찌하랴? 마지못해, 또 한
상 차려 올릴 수밖에….

도가지에 빚은 술이

박은

―

오늘 아침 마누라가 넌지시 귀띔하길
도가지에 빚은 술이 이제 갓 익었다네!
무슨 흥 혼자 마시리. 자네 오길 기다리네.

山妻朝報我 小甕*釀新醅

獨酌不盡興 且待吾友來

〈雨中感懷有作投擇之**(前牛略)〉

　술 초대의 시 쪽지다. 이런 쪽지 받고 단걸음에 달려가지 않을 사람
그 어디 있으랴?

　술 초대의 시 쪽지로서는, 저 당 시인 백낙천白樂天이 유십구劉十九에
게 보낸 것을 빼놓을 수 없다.

● 소옹小甕 | 작은 독. 곧 독새끼다. '도가지'는 '독+아지'. '아지'는 '아이(兒)'의 뜻
　으로, 송아지, 망아지, 강아지의 '아지'와 같아, 생김새도 귀티 나고 울림도 향기
　롭다.
●● 택지擇之 | 이행李荇의 호.

술구더기*** 동동 뜨는 오려주**** 갓 익었고,
오목한 질화로엔 숯불이 이글이글
오소소 눈발 선 저녁 한잔 생각 없는가?

綠螘新醅酒 紅泥小火爐
晚來天欲雪 能飮一杯無

    오소소 몸이 조여드는 눈발 선 추운 저녁, 화롯불 생각이 절로 나는
데, 갓 익은 술 갖추어놓고 "한 잔 생각 없는가?"라니, 사람 용용 약
올리는 투이기도 하다. 어이 생각이 없을까보냐! 있거든 한걸음에 달
려오라며, 꼬드기는 손길도 향기롭지 않은가?

  ●●● 술구더기 | 동동주에 동동 뜨는 삭은 쌀알을 이름이다. 구더기 하면 금세 구
      역질이 날 판이지만, 술구더기 하면 침을 삼키는, 술꾼들의 이상 감각이기
      도 하다.
  ●●●● 오려주 | 올벼의 햅쌀로 빚은 술.

                                               손끝에 남은 향기

술 보내준 친구에게

이규보

—

한동안 우리 집엔 잔술도 바닥이 나,
극심한 술가뭄에 목이 컬컬 타던 차에
고맙네, 보내준 약주! '단비 맛' 바로 긔네.

邇來盃酒乾 是我一家旱

感子餉芳醪 快如時雨灌

〈謝友人送酒〉

'술가뭄'이 들어 목이 타던 참인데, 보내준 그 술이야말로 '술맛'이
아니라, '가뭄의 단비 맛' 바로 그것이었다니, 어쩌면 시맛(詩味)이 이리
도 맛깔스러운가?
　작자는 술맛에 혹하고, 우리는 글맛에 혹하네.

봉래산에도 속물이 많다기에

김가기

—

서울 술에 크게 취해 미친 노래 떠들면서 저물어 돌아
온다.
듣자니 봉래산에도 속물이 많다기에
당분간 인간 세상에서 희희대며* 노니노라!

大醉長安酒 狂歌日暮還
蓬壺多俗物 遊戲且人間
〈失題〉

봉래산에는 신선들만 사는 줄 알았는데, 요즘은 거기도 타락하여
속된 사이비 신선이 많다는구나! 그럴 바에야 내 거기 가서 무엇하
리? 이왕 속물들과 어울릴 바에야, 이 땅의 허물없는 속물들과 어울리
는 편이 백 번 낫겠기에, 당분간 여기서 술이나 마시고 희희덕거리며
놀고 있는 것이여! 알겠어? 딸꾹!
   얼큰한 김에 히뜩잦뜩 혀 꼬부라진 소리로 호언방담豪言放談하는 술
주정이다.

● 희희嬉戲대다 | 실없는 농지거리나 하며 즐겁게 논다는 뜻.

손끝에 남은 향기

달관 통찰

산행

강백년

—

십 리에 인기척 없고 빈산엔 봄새가 운다.
스님 만나 앞길을 물어두었건만
어쩌랴? 스님 가고 나니 길은 도로 아득해….

十里無人響 山空春鳥啼
逢僧問前路 僧去路還迷
〈山行〉

어찌 산길만이랴? 인생길 또한 그러하이. 길을 아는 사람에게 길을
물어 알아두었건만 갈림길에 이르러서는 매양 헷갈린다. 한번 아차
잘못 들고 나면, 갈수록 점점 멀어지는 목적지! 갈림길도 많은 이 세
상에, 얼마나 많은 사람들이 엇길을 들어 헤매고 있으며, 모처럼 태어
난 귀한 일생을 허무하게 그르치고 있는 것이랴?
　길은 길을 아는 사람에게 물어야 한다. 그러나 안답시며 나서는 사
기꾼에게 묻다가는 큰코다치리….

소나무

신흠

―

봄에나 겨울에나 변함없는 저 푸른 솔
장풍長風이 뒤흔들 땐 흔들흔들 흔들려주고
눈보라 치는 날에도 치면 치라 맡겨두네.

春來不加色 寒至不渝色
從他長風饕 任他飛雪白
〈長松標〉

　센 바람이 몰아칠 때 흔들려주지 않으면 꺾어지고(柔勝强), 눈보라가
치는 날에도 몸을 내맡겨 흔들려주지 않으면 쌓이는 눈 무게에 가지
가 부러진다.
　난세의 처신술을 소나무에서 배운다.

허수아비

윤낙호

—

서 있는 허수아빌 새들도 알아채네.
헛된 이름 유지하기 잠시는 될지언정,
멀거니 오래 서 있음 허수아비 될 수밖에….

偶人依杖立 鳥雀見之疑
虛名難久持 慎勿立多時
〈偶人〉

　꼼짝 않고 오래 서 있는 사람을, 새들도 한때는 새 보는 사람(守雀人)
으로 속았지만, 이내 의심하게 되고, 의심 끝엔 그것이 허수아빈 줄
알아채게 된다. 가식이나 위선으로 한때는 속일 수 있을지언정, 오래
유지하기는 어렵다. 어찌 그뿐이랴? 하는 일 없이, 또는 매양 변화 없
이 '우愚'를 지속하면 또한 별수 없이 허수아비 될 수밖에—.

옳으니 그르니

허목

—

이어가고 이어오는 떳떳한 정한 이치
이 일 이 마음 그 모두가 한 이치거늘
뉘라서 옳으니 그르니 함부로들 말하는고?

一往一來有常數 萬殊初無分物我
此事此心皆此理 熟爲無可熟爲可
〈無可無不可吟〉

    일월성신의 운행, 사계한서四季寒暑의 절서節序, 우로풍상雨露風霜의 변화, 그 모두가 이어가고 이어오는 떳떳한 이치에 의하여 운행되고 변화되고 있는 것이거늘, 사람들은 사사로운 제 형편에 따라, 옳으니 그르니, 잘하느니 못하느니 함부로 말이 많음은, 진실로 어리석은 인간들의 당치 않은 불평일 뿐이다.

이웃 그늘

최숙생

—

온갖 꽃 흐드러진 꿈 같은 봄빛 속에,
이웃집 긴 대숲에 눈 팔릴 이 없건마는,
그 홀로 다가와주는 맑은 그늘 정겨워라!

洞裏春風花爛開 韶光鼎鼎夢中催
隣家脩竹無人看 自愛淸陰獨步來
〈贈擇之〉

온 동네가 꽃으로 뒤덮인 꿈 같은 봄빛 속, 모두가 봄바람에 들떠
있는 사람들의 눈에, 대숲쯤이야 그저 심상한 존재일 뿐, 눈길에 들
리가 없다. 그러나 보라! 이웃집 대숲의 그 맑고도 푸른 그늘이, 누가
보내서도 아니요, 내가 요청한 바도 아니건만, 그 홀로 한 걸음 한 걸
음 내 집 마당으로 다가와서는, 내 마음을 씻어주는 그 고마움이 어찌
갸륵하지 않으랴?

'효자 이웃에 효자 난다'는 말처럼, 이웃의 영향은 모르는 가운데
젖어드는 '무언의 감화'다. 이 사실은 맹자 어머니가 일찍이 실증해
보이기도 했다. 그래서 '집값이 백 냥이면 이웃 값은 천 냥'이란 말도
있다.

연당가의 세 개 수석

서영수각

—

저마다 제 고장 산의 그 빛 그 기운 지녔으되
본디의 그 정신은 밝고도 허심하여
물이랑 달이랑 함께 얼싸절싸 춤을 춘다.

猶帶他山色 常有雲氣封
元精本虛明 水月自相舂
〈庭畔三石〉

　연못가에 반신을 물속에 담그고 서 있는 세 개의 수석秀石! 그것들은 각기 외형의 특이함은 물론, 석질石質이나 태문苔紋 등으로 보아 같은 산에서 온 것이 아니라, 저마다 다른 고장 산에서 따로 왔음을 알게 해준다. 그러면서도 제 고장 산의 특색을 버리지 아니하고, 그 품은 뜻 또한 높은 산의 구름 기운을 띠어 함부로 할 수 없는 엄숙한 기품을 지니고 있다. 그러나 그들이 태어난 생래의 본성은 다들 순수하고 잡념이 없으며 또한 밝은 마음을 지녔기에, 달 밝은 밤 고요히 흔들리는 물결에 그들은 스스럼없이 물결이랑 달빛이랑 어울려 너울너울 춤을 추듯 화합한 한마당을 연출하여 미의 극치를 보여주고 있다.
　개성과 일반성, 독자성과 사회성의 발견으로, 인간 사회의 조화를 찬미하는 내용이다.

　석주㮹周 · 길주吉周 · 현주顯周의 뛰어난 자식 삼형제의 가정에서의 화합과, 국가 사회에의 공헌 등을 우의寓意했음직도 한, 장한 어머니의 흐무뭇한 찬사인 한편, 조정 중신들도 상쟁相爭을 일삼지 말고, 허령虛靈한 본성대로 국사에 화합하는 아름다운 장면을, 마음 사이 은근히 그려봄이기도 한 듯하지 않은가?

애끓는 경지

신위

—

사람은 그리되 한恨 그리긴 어렵고
난초는 그리되 향기 그리긴 어렵거늘
어쩌면 향기도 한도 다 그려냈단 말고?

향기도 그리고 한도 겸해 그려낼 제
그 마음이 그 어찌 성할 수 있었으랴?
아마도 끊어졌으리? 그 그릴 때의 애간장이—

畵人難畵恨 畵蘭難畵香

畵香兼畵恨 應斷畵時腸

〈題錦城女史藝香畵蘭〉

금성여사 예향의 난초 그림에 부친 화제畵題다. 그 난초 그림에는 난
초의 외형만 그려져 있는 것이 아니라, 난초의 향기까지도 그려져 있
고, 그저 난초만 그려져 있는 것이 아니라, 그 그린 사람의 가슴에 사
무쳐 있는 한恨까지도 고스란히 담겨져 있다. 그리고 보니, 저 한 폭의
난을 칠 때의 주인공의 심혼心魂이야 오죽했으랴? 유형물有形物에 부
정賦情하는 형이상학적 차원의 전환 작업은, 애끓는 비상한 아픔을 겪

음이 아니고서야 어찌 저리 가능했을까? 붓끝으로 그녀의 넋을 그림 속에다 불어넣는 그 화법은 혹독한 출산의 진통을 겪었을 것이 분명하다.

감탄을 거듭하는 독화 감상讀畵感想이다.

자연의 조화造化

이용휴

—

짙어가는 봄 경치 속, 조화나 구경할거나!
금빛 잠자리 은빛 나비들이
장다리 꽃밭을 누벼 신들린 듯 날고 있다.

村郊景物日芳菲 閒坐松陰玩化機
金色蜻蛉銀色蝶 菜花園裏盡心飛
〈寄靖叟〉

날로 꽃다워지는 봄 경치 속에 한가로이 앉아, 자연의 오묘한 이치를 완상하고 있다.

꽃은 일생일대의 정혼精魂을 쏟아 빚어낸 생명의 진수요, 곤충들은 수많은 인고의 변신을 거쳐 구사일생으로 얻어낸 날개의 소유자다. 보라! 저 꽃들의 흐드러진 환호 속에, 은빛 나비 금빛 잠자리들의, 저 수유를 아끼는 황홀한 몸짓들! 이날이 저물기 전에 생애 최절정의 삶의 환희를 누리느라, 여광여취如狂如醉 신들린 듯 날고 있다. 꽃과 곤충, 저 동식물의 교환交驩, 어우러져 생의 희열을 만끽하고 있는, 사랑의 축제 속에서 저들도 모르는 사이에 이루어지는 종족 보전의 성취! 신비의 장막으로 겹겹이 가리어둔, 천지자연의 오묘한 생성 변화와 그

음양의 이치를, 자연이 한 편모片貌 속에서 엿보고 있노라니, 조화옹造化翁의 그 합목적적·전자동적 세심한 배려가 손에 잡힐 듯 들여다보여, 회심의 미소를 짓고 있는 작자다.

끝없는 솔바람 소리

휴정(서산대사)
—

만국 도성은 개밋둑이요, 역대 호걸도 초파리인 양,
창 하나 가득 달 밝은 밤 허심히 누웠노라면
끝없는 솔바람 소리 가지런하지 않아라!

萬國都城如蟻垤 千家豪傑等醯鷄
一窓明月淸虛枕 無限松風韻不齊
〈普賢寺〉

번화를 자랑하는 저 만국의 수도도 거시안으로 바라보면 한낱 보잘
것없는 개밋둑에 더할 것이 없고, 역대의 내로라 뽐내던 수많은 영웅
호걸들도 필경은 한나절을 살다 가는 초파리처럼, 수유須臾의 존재에
불과할 뿐 아닌가? 창 하나 가득 달 밝은 방에 빈 마음 되어 누웠노라
면, 저 끝없이 흘러가는 솔바람 소리는, 혹은 높게 혹은 낮게, 혹은 굵게
혹은 가늘게, 천연의 그 맑은 음률로 굽이굽이 끝없이 이어가고 있다.
　자연에 대한 인위의 하잘것없음과, 영원에 대한 수유의 인생을 대
비한, 불제자다운 탈속시脫俗時다.

잠이나 자는 수밖에

권필

—

어제도 한나절, 오늘도 한나절,
꿈나라가 그 어찌 내 고향일까마는
잠이나 자는 그 일 말고는 하고파도 할 수 없네!

昨日半日睡 今日半日睡
睡鄕非故鄕 聊以適吾意
〈村居雜題中一〉

정의가 통하지 않는 어지러운 세상 꼴! 실의에 찬 시인의 좌절! 아
무것도 손에 잡히지 않는 지루한 나날, 걸핏하면 죄에 얽히는 판국에
무엇을 한다 하리? 허탈한 세상, 하고파도 할 수 없는 시드러운 세상
에서 다시 무엇을 하노라 하랴? 잠이나 자는 수밖에—.

용문사에서

초의선사

—

산이 비니 봄 간 뒤요, 손 오자 구름이 인다.
가거나 오거나 간여할 뜻 없다마는,
끝끝내 사람 알게는 아니하려 하는구나!

山空春去後　雲起客來時
不干去來者　終不爲人知
〈至龍門寺〉

　꽃 하나 없는 빈산이라, 소문도 없이 봄은 가고 없음을 비로소 알게
되는가 하면, 내가 절을 찾아갔을 때는 온 산천에 흰 구름이 일어, 내
종적을 가리우고 있었다. 봄 가고 여름 옴이야 당연한 이치지만, 대자
연은 모든 일을 비밀리에 해놓는 바람에, 사람들은 깜짝깜짝 놀라고
감동하고 감탄하게 되는가 보다.

묘지로 가는 길

이양연

—

시름으로 보낸 일생, 달은 암만 봐도 모자라더니,
거기선 길이 서로 대할 수 있으려니,
묘지로 가는 이 길도 나쁘지만은 않으이!

一生愁中過 明月看不足
萬年長相對 此行未爲惡
〈自輓〉

자기 만장輓章이다. 한평생 하고한 시름을 달에게 하소연하고, 달에게서 위안을 받아오자니, 달은 둘도 없는 그의 벗이요 사랑이라, 아무리 보고 또 보아도 부족하게만 느껴져오던 터다. 이 길로 무덤에 가고 나면, 공산에 찾아드는 그를 길이 바라볼 수 있을 것이니, 무덤 가는 이 길도, 일반의 통념과는 달리, 나쁘지만은 않은 길인 것 같다. 끝구는 인생을 달관한 허심한 경지요, 사생을 초월한 입명立命의 자세다.

머리를 감다가

송시열

—

청강에 머리 감다 아뿔싸! 낙발落髮 하나
둥실둥실 동해에로 떠내려가는구나!
봉래산 신선들이 보면 인간 백발 웃으리라!

濯髮晴川落未收 一莖飄向海東流
蓬萊仙子如相見 應笑人間有白頭
〈濯髮〉

동해에 있다는 봉래산 신선들이 저 흰 머리카락을 보게 된다면, 그
들은 아마도 긍련矜憐의 웃음을 흘릴 테지. 백발은 신고辛苦의 기록이
요, 무상無常의 상징이며, 유한有限 생명의 말기 현상이라고—. 그것은
인간으로서 여간 자존심 상하는 일이 아니다. 백발동심白髮童心의 익살
이다.

운영의 서재를 보고

손구섭

—

꽃구름 그림자 지는 팔공산 산 아랫집
그 집 주인 단순하여 군뜻이 전혀 없어
한평생 제자 더불어 만 권 책을 읽더라!

景雲朝暮油然出 影作八公山下居
山下主人心不二 一生教育萬卷書
〈見雲影書室有感〉

　팔공산 아래 사는 이 집 주인의 자는 경운景雲이요, 호는 운영雲影이
니, 곧 대구에 살 때의 필자를 지칭함이다. 주인공의 자와 호의 '雲' 자
를 바탕으로, 그 '雲'의 그림자로 하여금 광막한 공간의 어느 한 지점
地點을 지점指點해낸, 산하山下 마을의 한 특정가特定家로 시선을 이끌어
가는 수법이, 마치 영마루를 벗어나는 흰 구름장인 양 유연油然하고 자
연스럽지 않은가?

시 또한 봄빛 오듯

이숭인
—

살구꽃도 실버들도 봄비 끝에 산뜻하다.
시 또한 봄빛 오듯 무심히 오는 것을,
어찌타! 억지를 쓰듯 애쓴다 이뤄지랴?

爲愛新晴倚草亭 杏花初結柳條靑
詩成政在無心處 枉向塵編苦乞靈
〈新晴〉

비 온 뒤의 새날처럼 무심한 데서 얻게 되는 청신한 시가 소망스럽
다. 억지로 짜내는 시상, 또는 남의 시상을 엿보거나 흉내 내는 따위
의 구질구질함이야 그 어찌 시의 태도라 하랴?

고목

김인후

—

허울 다 털어버린 반 남은 늙은 나무!
바람도 벼락도 이젠 두려울 것이 없네.
우뚝 서 꽃 피든 마르든 세월에나 맡겼네.

半樹惟存骨 風霆不復憂
三春何事業 獨立任榮枯
〈古木〉

　갖은 풍상 다 겪으며 한 세상 부지런히 살고, 이제는 반신불수가 된
늙고 병든 몸! 병석에 한번 길게 눕고 나니, 거센 세파도 새삼 두려울
것이 없다. 진인사盡人事하느라 했으니, 대천명待天命이나 할밖에…. 다
시 무엇을 영위營爲한다 애쓸 것이랴? 인생의 막바지에 이르러, 오직
천명에 귀의하는, 안심입명安心立命의 이 초연한 마음 자세를, 고목에서
배운다.

고사목

이담

—

거꾸로 선 흰 용인 양 푸른 산 산 응달에
도끼도 못 미친 곳 세월이 깊었어라!
봄바람 불어오건만 꽃 피울 맘 더는 없네.

白虯倒立碧山陰 斧斤人遠歲月深
堪歎春風吹又過 舊枝無復有花心
〈枯木〉

　'살아 천 년 죽어 천 년'이란 깊은 산 주목朱木인가? 천수를 다하고
이제는 흰 뼈대만 엉성히 산 응달에 서 있는 고목의 잔해! 하고한 그
세월, 도끼 멘 사람도 미치지 못하는 이 외진 곳 산 응달에, 해마다 봄
이면 꽃 피우던 그 화심花心도 이제는 적막히 접은 채로, 우뚝 세월에
나 내맡기고 선 입명立命의 자세다.

| ㄱ |

강백년姜栢年, 1603~1681
문신. 자 숙구叔久. 호 설봉雪峰. 본관 진주. 시호 문정文貞. 저서에《설봉집》,《한계만록閑溪漫錄》이 있다.

강세황姜世晃, 1713~1791
서화가, 문신. 자 광지光之. 호 표암豹菴. 본관 진주. 시호 헌정憲靖. 저서에《표암집》외 작품 다수가 있다.

강위姜瑋, 1820~1884
시인. 자 중무仲武. 호 추금秋琴. 고환자古懽子. 본관 진주. 저서에《고환자집》,《동문자모분해東文子母分解》등이 있다.

강준흠姜浚欽, 1768~?
문신, 서예가. 자 백원百源. 호 삼명三溟. 본관 진주.

강희맹姜希孟, 1424~1483
문신. 자 경순景醇. 호 사숙재私淑齋. 본관 진주. 시호 문량文良. 저서에《사숙재집》,《촌담해이村談解頤》등이 있다.

개성 과부
미상

고경명高敬命, 1533~1592
문신, 의병장. 자 이순理順. 호 제봉霽峰. 본관 장흥. 시호 충렬忠烈. 저서에《제봉집》이 있다.

고의후古義厚
후기 위항시인. 호 온곡醞谷. 본관 개성.

곽연郭珚
미상

권갑權鉀
문신. 자 여명汝明. 호 초루草樓. 본관 안동. 권필權韠의 형. 저서에《초루집》이 있다.

권만權萬, 1688~?
문신. 자 일보一甫. 호 강좌江左. 본관 안동. 저서에《홍범책洪範策》이 있다.

권벽權擘, 1520~1593
문신. 자 대수大手. 호 습재習齋. 본관 안동. 권필의 아버지. 저서에《습재집》이 있다.

권병락權丙洛, 1873~1956
학자, 교관. 자 항길恒吉. 호 하산何山. 본관 안동. 저서에《하산집》이 있다.

권석찬權錫瓚, 1878~1957
학자. 자 종서宗瑞. 호 시암是巖. 본관 안동. 저서에《시암집》이 있다.

권엄權嚴, 1729~1801
문신. 자 공저公著. 호 섭서葉西. 본관 안동.

권필權韠, 1569~1612
시인, 문신. 자 여장汝章. 호 석주石洲. 본관 안동. 저서에《석주집》이 있다.

김가기金可基
후기 위항시인. 자 무가無可. 호 운소자雲巢子. 본관 경주.

김극검金克儉, ?~1142
고려 때 문신. 자 백의伯儀. 시호 기열祁烈.

김도징金道徵
미상

김류金瑬, 1571~1648
문신. 자 관옥冠玉. 호 북저北渚. 본관 순천. 시호 문충文忠. 저서에《북저집》이 있다.

김매순金邁淳, 1776~1840
학자. 자 덕수德叟. 호 대산臺山. 본관 안동. 시호 문청文淸. 저서에《대산집》,《전여일록篆餘日錄》등이 있다.

김삼의당金三宜堂, 1769~?

영조 45년 남원 태생으로, 같은 동네에 사는 시동갑時同甲인 하욱河煜에게 출가. 혼인 첫날밤에 서로 만난 소회를, 문답 형식의 연속적인 시로 화답한 여류 문인. 시 99편, 문文 19편이 전한다.

김상용金尙容, 1561~1637

문신. 자 경택景擇. 호 선원仙源. 본관 안동. 시호 문충文忠. 저서에 《선원유고》가 있다.

김상헌金尙憲, 1570~1652

문신. 자 숙도叔度. 호 청음淸陰. 본관 안동. 시호 문정文正. 저서에 《청음집》, 《야인담록野人談錄》이 있다.

김수온金守溫, 1409~1481

문신, 학자. 자 문량文良. 호 식우拭疣. 본관 영동. 시호 문평文平. 저서에 《식우집》이 있다.

김수필金壽弼

후기 위항시인. 자 사일士一. 본관 김해.

김숙金潚

후기 위항시인. 자 사징士澄. 호 평옹萍翁. 본관 개성.

김시모金時模

후기 위항시인. 자 대유大有. 호 창록蒼鹿. 본관 김해.

김시습金時習, 1435~1493

생육신의 한 사람. 자 열경悅卿. 호 매월당梅月堂. 본관 강릉. 시호 청간淸簡. 저서에 《매월당집》, 《금오신화金鰲神話》 등이 있다.

김시진金始振, 1618~1667

문신. 자 백옥伯玉. 호 반고盤皐. 본관 경주.

김안국金安國, 1478~1543

문신, 학자. 자 국경國卿. 호 모재慕齋. 본관 의성. 시호 문경文敬. 저서에 《모재집》, 《동몽선습童蒙先習》, 《이륜행실二倫行實》이 있다.

김옥균金玉均, 1851~1894

정치가. 자 배온伯溫. 호 고균古筠. 본

관 안동. 시호 충달忠達. 저서에 《치
도약론治道略論》, 《갑신일록甲申日錄》
이 있다.

김인후 金麟厚, 1510~1560
문신, 학자. 자 후지厚之. 호 하서河
西. 본관 울산. 시호 문정文正. 저서
에 《하서집》, 《백련초해百聯抄解》 등
이 있다.

김정 金淨, 1486~1521
문신, 학자. 자 원충元冲. 호 충암冲
菴. 시호 문간文簡. 저서에 《충암집》,
《제주풍토록濟州風土錄》 등이 있다.

김정희 金正喜, 1786~1856
문신, 학자, 서화가. 자 원춘元春. 호
완당阮堂. 본관 경주. 저서에 《완당
집》 외 다수가 있다.

김제안 金齊顔, ?~1368
고려 때 문신. 자 중현仲賢.

김지대 金之岱, 1190~1266
고려 때 무신. 시호 영헌英憲.

김창숙 金昌叔, 1879~1962
독립지사, 유학자. 자 문좌文佐. 호
심산心山. 본관 의성. 상해 망명. 임
시정부 요인. 이승만 정부에 항거.
성균관대학교 창설. 저서에 《심산
유고》가 있다.

김충렬 金忠烈
광해군 때 문신. 자 이언而彦. 호 옥
호玉湖. 본관 김해.

김홍서 金弘叙
후기 위항시인. 자 천여天與. 호 도
선암逃禪庵. 본관 옥천.

| ㄴ |

남상교 南尙敎, 1783~1866
천주교 순교자. 자 문숙文淑. 호 우
촌又村. 본관 의령. 저서에 《우촌시
고雨村詩藁》가 있다.

남병철 南秉哲, 1817~1863
문신, 과학자. 자 자명子明. 호 규재
圭齋. 본관 의령. 저서에 《규재집》이

있다.

남유상南有常, 1696~1728
33세로 요사 夭死. 문과, 벼슬은 실록
랑實錄郎. 자 길재吉哉. 호 태화太華.
호곡壺谷 남용익南龍翼의 증손.

남이南怡, 1441~1468
장군. 본관 의령. 유자광柳子光의 무
고로 옥사. 시호 충무忠武.

노긍盧兢, 1738~1790
문인. 자 여림如臨. 호 한원漢源. 본관
교하. 저서에《화사花史》가 있다.

| ㄷ |

도용진都容軫
미상

| ㅂ |

박계강朴繼姜
위항시인. 호 시은市隱. 본관 밀양.

유희경劉希慶, 백대붕白大鵬, 최기남
崔奇男 등과 시사詩社를 이루어 풍류
향도風流香徒라 불리었다.

박규수朴珪壽, 1807~1876
문신. 자 환경瓛卿. 호 환재瓛齋. 본관
반남. 시호 문익文翼. 저서에《환재
집》이 있다.

박상립朴尙立
후기 위항시인. 자 입지立之. 호 나
재懶齋.

박성혁朴成赫
후기 위항시인. 자 여능汝能. 호 석
천石川. 본관 밀양.

박순朴淳, 1523~1589
상신相臣, 학자. 자 화숙和叔. 호 사암
思菴. 본관 충주. 시호 문충文忠. 저서
에《사암집》이 있다.

박은朴誾, 1479~1504
학자. 자 중열仲說. 호 읍취헌挹翠軒.
본관 고령. 저서에《읍취헌유고》가
있다.

박인로朴仁老, 1561~1642
시인, 무신. 자 덕옹德翁. 호 노계蘆
溪. 본관 밀양. 저서《노계집》외에
가사, 시조 작품 다수가 있다.

박제가朴齊家, 1570~?
실학자. 자 차수次修. 호 초정楚亭. 정
유貞蕤. 본관 밀양. 저서에《정유시고
貞蕤詩稿》,《북학의北學議》등이 있다.

박준원朴準源, 1739~1807
문신. 자 평숙平叔. 호 금석錦石. 본관
반남. 시호 충헌忠獻.

박지원朴趾源, 1737~1805
학자, 소설가. 자 중미仲美. 호 연암
燕巖. 본관 반남. 저서에《연암집》,
《연암속집燕巖續集》, 작품으로 〈허생
전〉, 〈호질虎叱〉 등 다수가 있다.

박필규朴弼奎
후기 위항시인. 자 천서天瑞. 본관
밀양.

백경환白景煥
수륜壽倫의 아들. 후기 위항시인.

백광훈白光勳, 1537~1582
시인. 자 창경彰卿. 호 옥봉玉峰. 본관
해미. 저서에《옥봉집》이 있다.

변중량卞仲良, ?~1398
문신. 호 춘당春堂. 본관 밀양. 조선
초기의 문신. 호는 춘당春堂. 변계
량卞季良의 형. 문과, 우부승지 등 역
임. 시에 능했다. 저서에《춘당유사
春堂遺事》가 있다.

| ㅅ |

서거정徐居正, 1420~1488
문신, 학자. 자 강중剛中. 호 사가정
四家亭. 본관 달성. 시호 문충文忠. 저
서에《사가정집》,《태평한화太平閑
話》,《동인시화東人詩話》,《동문선東文
選》등이 있다.

서경덕徐敬德, 1489~1546
학자. 자 가구可久. 호 화담花潭. 본관
달성. 시호 문강文康. 저서에《화담
집》이 있다.

서영수각徐令壽閣, 1753~1823
여류 시인. 당대의 문장가로 이름 높은 홍석주洪奭周, 길주吉周, 현주顯周 삼형제와 딸 규수 시인 유한당幽閑堂 원주原周의 어머니. 저서에《영수각고令壽閣稿》(시 166수)가 있다.

서헌순徐憲淳, 1801~1868
문신. 자 치장穉章. 호 석운石耘. 본관 달성. 시호 효문孝文.

석장인石丈人
본명 미상. 후기 위항시인으로 추측.

설손偰遜, ?~1360
시인. 위구르 사람. 고려에 귀화. 호 근사재近思齋. 저서에《근사재일고近思齋逸藁》가 있다.

설요薛瑤, ?~693
신라 때의 여류 시인. 당나라에 가서 좌무위장군이 된 설승충薛承沖의 딸. 15세에 아버지를 여의고 중이 되었다가, 21세에 환속, 시인 곽진郭震의 소실이 되었다고 전한다.

설장수偰長壽, 1341~1399
고려 말 문신. 자 천민天民. 호 운재耘齋. 본관 경주. 시호 문량文良. 저서에《운재집》이 있다.

성간成侃, 1427~1456
문신. 자 화중和中. 호 진일재眞逸齋. 본관 창녕. 저서에《진일재집》이 있다.

성삼문成三問, 1418~1456
학자, 사육신의 한 사람. 자 근보謹甫. 호 매죽헌梅竹軒. 본관 창녕. 시호 충문忠文. 저서에《성근보집》이 있다.

성수침成守琛, 1493~1564
학자. 자 중옥仲玉. 호 청송聽松. 본관 창녕. 시호 문정文貞. 저서에《청송집》이 있다.

성운成運, 1497~1579
학자. 자 건숙健叔. 호 대곡大谷. 본관 창녕. 저서에《대곡집》이 있다.

성하창成夏昌
후기 위항시인. 자 대숙大叔. 본관 창녕.

성혜영成蕙永
미상

성효원成孝元, 1497~1551
문인. 자 백일伯一. 호 어부漁父. 본관
창녕.

소태정邵泰挺
후기 위항시인. 자 군경君敬. 본관
밀양.

손구섭孫龜燮, 1892~1977
학자. 자 문가文可. 호 우당愚堂. 본관
경주. 저서에《우당유고》가 있다.

손만웅孫萬雄, 1643~1712
문신. 학자. 자 적만敵萬. 호 야촌野
村. 본관 경주. 저서에《야촌집》이
있다.

손병하孫秉河, 1881~1951
학자. 자 명언明彦. 호 월은月隱. 본관
경주. 저서에《월은유고》가 있다.

손염조孫念祖, 1785~1858
학자. 자 백원百源. 호 무민재无悶齋.

본관 경주. 저서에《무민재집》이 있다.

손영광孫永光, 1795~1859
문신, 학자. 자 일부逸夫. 호 설송당
雪松堂. 본관 경주. 저서에《설송당문
집》이 있다.

손중돈孫仲暾, 1463~1529
문신, 학자. 자 대발大發. 호 우재愚
齋. 본관 경주. 계천군雞川君 손소孫昭
의 아들. 시호 경절景節. 저서에《우
재집》이 있다.

손후익孫厚翼, 1888~1953
한말의 거유巨儒, 독립운동가. 자 덕
부德夫. 호 문암文巖. 저서에《문암문
집》26권이 있다.

송시열宋時烈, 1607~1689
상신相臣, 학자. 자 영보英甫. 호 우암
尤庵. 본관 은진. 시호 문정文正. 저서
에《송자대전宋子大全》등이 있다.

송익필宋翼弼, 1534~1599
학자. 자 운장雲長. 호 구봉龜峰. 본
관 여산. 시호 문경文敬. 저서에《구

봉집》이 있다.

송한필宋翰弼
학자. 자 계응季鷹. 호 운곡雲谷. 본
관 여산. 저서에《운곡집》이 있다.

승행사僧行思
스님. 백옥봉白玉峯의 시우詩友.

신광수申光洙, 1712~1775
문신. 자 성연聖淵. 호 석북石北. 본관
고령. 저서에《석북집》이 있다.

신위申緯, 1769~1845
시인, 문신. 자 한수漢叟. 호 자하紫
霞·경수당警修堂. 본관 평산. 저서에
《경수당전고警修堂全藁》,《분여록焚餘
錄》,《신자하시집申紫霞詩集》이 있다.

신응시辛應時, 1532~1585
자 군망君望. 호 백록白麓. 본관 영월.
시호 문장文莊.

신이규辛履奎
호 함계涵溪. 기타 미상.

신익성 비婢
미상

신잠申潛, 1491~1554
문신. 자 원량元亮. 호 영천자靈川子.
본관 고령. 저서에《영천집》이 있다.

신흠申欽, 1566~1628
학자, 문신. 자 경숙敬叔. 호 상촌象
村. 본관 평산. 시호 문정文正. 저서
에《상촌집》외 다수가 있다.

신흥섬申興暹
후기 위항시인. 자 자희子熙. 호 청
계淸溪. 본관 평산.

심희수沈喜壽, 1548~1622
문신. 자 백구伯懼. 호 사재思齋·일
송一松. 본관 청송. 시호 문정文貞. 저
서에《일송집》이 있다.

| ㅇ |

안필기安必期
미상

안호安祜
후기 위항시인. 자 사수士受. 호 석초石樵.

양경우梁慶遇, 1568~?
문신. 자 자점子漸. 호 제호霽湖. 본관 남원. 저서에《제호집》이 있다.

양사언 소실
양사언楊士彦(1517~1584)은 호 봉래蓬萊. 문신. 서예가.

오경화吳擎華
후기 위항시인. 자 자형子馨. 호 경수瓊叟. 본관 안락.

오수吳璲
미상

왕백王伯, 1277~1350
고려 말의 문신. 본성은 김金, 왕王은 사성賜姓.

운초雲楚
김부용金芙蓉의 호. 조선 중기 성천 명기로서 여류 시인. 연천淵泉 김이양金履陽의 소실. 시문집《부용집》이 있다.

운하옹雲下翁
본명 미상.

원송수元松壽, 1323~1366
고려 때 문신. 본관 원주. 시호 문정文定.

위원개魏元凱, 1226~1292
원감국사圓鑑國師. 이름은 충지冲止. 문과 장원. 한림翰林이 되려 했으나, 원오국사圓悟國師의 뒤를 이어 조계 제6세가 되었다.

유득공柳得恭, 1749~?
실학자. 자 혜풍惠風. 호 영재泠齋. 본관 문화. 저서에《영재집》등이 있다.

유몽인柳夢寅, 1559~1623
문신. 자 응문應文. 호 어우당於于堂. 본관 흥양. 시호 의정義貞. 저서에《어우집》,《어우야담於于野談》이 있다.

유영길柳永吉, 1538~1601

문신. 자 덕순德純. 호 월봉月蓬. 본관
전주. 저서에 《월봉집》이 있다.

유원주劉元柱
순조 때 시인. 자 중린仲麟. 호 묵재
默齋.

유찬홍庾纘洪
조선 중기의 시인. 자 술부述夫. 호
춘곡春谷.

유한재兪漢宰
자 평보平甫. 호 허주재虛舟齋. 본관
기계.

윤낙호尹樂浩
미상

윤두수尹斗壽, 1533~1601
문신. 자 자앙子仰. 호 오음梧陰. 본관
해평. 시호 문정文靖. 저서에 《오음
유고》, 《성인록成仁錄》이 있다.

윤선거尹宣擧, 1610~1669
학자. 자 길보吉甫. 호 노서魯西. 본관
파평. 시호 문경文敬. 저서에 《노서

유고》, 《노서일기》, 《계갑록癸甲錄》
이 있다.

윤선도尹善道, 1587~1671
시조 문학의 일인자, 문신. 자 약이
約而. 호 고산孤山. 본관 해남. 시호
충헌忠憲. 저서에 《고산유고》, 작품
에 〈유회요遺懷謠〉, 〈우후요雨後謠〉,
〈산중신곡山中新曲〉, 〈산중속신곡山中
續新曲〉, 〈어부사시사漁父四時詞〉 등이
있다.

윤정기尹廷琦, 1814~1879
학자. 자 경림景林. 호 방산舫山. 본관
해남. 저서에 《동환록東寰錄》이 있다.

윤종억尹鍾億
자 윤경輪卿. 호 취록당醉錄堂. 본관
해남.

윤증尹拯, 1629~1714
학자. 자 자인子仁. 호 명재明齋. 본관
파평. 시호 문성文成. 저서에 《명재
유고》가 있다.

윤훤 尹暄, 1573~1627
문신. 자 차야次野. 호 백사白沙. 본관
해평. 저서에 《백사집》이 있다.

의주 기생
미상

이가환 李家煥, 1742~1801
학자, 천주교인. 자 정조廷藻. 호 금
대錦帶. 본관 여주. 저서에 《금대유
고》,《풍요속찬風謠續選》이 있다.

이개 李塏, 1417~1456
사육신의 한 사람. 자 청보淸甫. 호
백옥헌白玉軒. 본관 한산. 시호 의열
義烈. 이후 충간忠簡으로 개시改諡.

이건창 李建昌, 1852~1898
학자, 문신. 자 봉조鳳朝. 호 명미당
明美堂 · 영재寧齋. 본관 전주. 저서에
는 《명미당고》,《당의통략黨議通略》
이 있다.

이경여 李敬輿, 1585~1657
문신. 자 직부直夫. 호 백강白江. 본관
전주. 시호 문정文貞. 저서에 《백강

집》이 있다.

이계 李烓, 1603~1642
자 희원熙遠. 호 명고鳴皐. 본관 전주.

이광석 李光錫
정조 때 사람. 호 심계心溪.

이규보 李奎報, 1168~1241
문호, 문신. 자 춘경春卿. 호 백운거
사白雲居士. 본관 황려. 시호 문순文
順. 저서에 《동국이상국집東國李相國
集》,《백운소설白雲小說》이 있다.

이근수 李根洙
시인, 진사. 자 탁원琢源. 호 위사韋
士. 본관 전의. 일생을 시에 심취, 많
은 작품을 남겼다.

이기 李沂, 1848~1909
자 백증伯曾. 호 해학海鶴. 본관 고성.

이달 李達, 1539~1612
시인. 자 익지益之. 호 손곡蓀谷. 본관
홍주. 저서에 《손곡집》이 있다.

이담李湛, 1510~1557
문신. 자 중구仲久. 호 정존재靜存齋.
본관 용인. 저서에《정존재집》이 있다.

이덕무李德懋, 1741~1793
실학자. 자 무관懋官. 호 형암炯庵. 아
정雅亭. 청장관靑莊館. 본관 전주. 저
서에《청장관전서靑莊館全書》가 있다.

이득원李得元, 1600~1639
서예가. 자 사춘士春. 호 죽재竹齋.

이만배李萬培
조선 때 명의. 자 익보益甫. 본관 완산.

이만용李晩用, 1792~?
시인. 자 여성汝成. 호 동번東樊. 본관
전주. 저서에《동번집》이 있다.

이만원李萬元, 1651~?
문신. 자 백춘伯春. 호 이우당二憂堂.
본관 연안.

이매창李梅窓, 1573~1610
여류 시인. 본명 계생桂生. 부안의
명기. 38세로 요절. 매창은 호. 노래

와 거문고, 한시에 빼어났다.

이명채李命采
조선 정조 때의 학자. 자 양여亮汝.
호 정재整齋. 본관 전주. 저서에《정
재유집》(37권)이 있다.

이명한李明漢, 1595~1645
문신. 자 천장天章. 호 백주白洲. 본관
연안. 시호 문정文靖. 저서에《백주
집》이 있다.

이색李穡, 1328~1396
학자, 문신. 삼은三隱의 한 사람. 자
영숙穎叔. 호 목은牧隱. 본관 한산.
저서에《목은문고》,《목은시고牧隱詩
稿》가 있다.

이서구李書九, 1754~1825
학자, 문신. 자 낙서洛瑞. 호 강산薑
山·척재惕齋. 본관 전주. 시호 문간文
簡. 저서에《강산집》,《척재집》,《규
장전운奎章全韻撰修》등이 있다.

이소한李昭漢, 1598~1645
문신. 자 도장道章. 호 현주玄洲. 본관

연안. 저서에《현주집》이 있다.

이수광李睟光, 1563~1628
문신, 학자. 자 윤경潤卿. 호 지봉芝峰. 본관 전주. 저서에《지봉유설芝峰類說》,《채신잡록采薪雜錄》,《병촉잡기秉燭雜記》등이 있다.

이수익李受益
후기 위항시인. 자 명지明之. 호 간취자看翠子. 본관 금산.

이수인李樹仁, 1739~1822
학자, 문신. 자 윤경潤卿. 호 구암懼庵. 본관 청안. 저서에《구암집》이 있다.

이순구李純久, 1884~1946
학자, 독립지사. 자 성희聖希. 호 환암環菴. 본관 여강. 저서에《환암집》이 있다.

이순신李舜臣, 1545~1598
명장. 자 여해汝諧. 본관 덕수. 시호 충무忠武. 저서에《이충무공전서李忠武公全書》,《난중일기亂中日記》가 있다.

이술현李述賢, 1736~1822
학자, 효자, 동몽교관童蒙教官. 자 학조學祖. 호 인와忍窩. 본관 청안. 저서에《인와집》이 있다.

이숭인李崇仁, 1347~1392
문신, 학자. 삼은의 한 사람. 자 자안子安. 호 도은陶隱. 본관 성주. 저서에《도은선생시집》이 있다.

이안중李安中, 1752~1791
문인. 자 평자平子. 호 현동玄同, 단구丹丘. 본관 전주. 단양에 세거世居.〈산유화山有花〉의 작자.

이양연李亮淵, 1771~1853
시인, 문신. 자 진숙晉叔. 호 임연臨淵. 저서에《임연당집臨淵堂集》,《석담작해石潭酌海》,《침두서枕頭書》가 있다.

이언적李彦迪, 1491~1553
문신, 학자. 자 복고復古. 호 회재晦齋. 본관 여강. 소인배의 모함으로 강계 유배 중 사망. 문묘에 종사. 시호 문원文元. 저서에《회재집》등이 있다.

이옥李鈺, 1760~1813
자 기상其相. 호 무문자無文子. 본관
전주. 그의 작품은 그의 친구 김려
金鑢의 문집인《담정총서薝庭叢書》에
수록되어 있고, 그 밖에도《이언俚
諺》,《동상기東床記》등이 있다.

이옥봉李玉峯
선조 때의 여류 시인. 옥천군수를
지낸 봉逢의 서녀. 진사 조원趙瑗의
소실. 시 32수의《옥봉집》이《가림
세고嘉林世藁》의 부록으로 전한다.

이용휴李用休, 1708~1782
시인. 자 경명景明. 호 혜환惠寰. 본관
여주. 가환家煥의 아버지, 익瀷의 조
카로서 문명이 높았다. 저서에《혜
환시고惠寰詩藁》,《혜환잡저惠寰雜著》
등이 있다.

이우빈李佑贇, 1792~1855
학자. 자 우이禹彌. 호 월포月浦. 본관
성주. 저서에《월포문집》이 있다.

이이李珥, 1536~1584
학자, 문신. 자 숙헌叔獻. 호 율곡栗
谷. 본관 덕수. 시호 문성文成. 저서
에《율곡전서栗谷全書》가 있다.

이정李精
선조 때의 시인. 호 행촌杏村.

이정구李廷龜, 1564~1635
문신, 학자. 자 성징聖徵. 호 월사月
沙. 본관 연안. 시호 문충文忠. 저서
에《월사집》등이 있다.

이제현李齊賢, 1287~1367
문신, 학자. 자 중사仲思. 호 익재益
齋. 본관 경주. 시호 문충文忠. 저서
에《익재집》,《익재난고益齋亂藁》,
《역옹패설櫟翁稗說》등이 있다.

이지천李志賤, 1589~?
광해군 때 문신. 자 탄금彈琴. 호 사
포沙浦. 본관 여주.

이집李集, 1314~1387
학자. 자 호연浩然. 호 둔촌遁村. 본관
광주. 저서에《둔촌집》이 있다.

이하진李夏鎭, 1628~1682
문신. 현종 때 문과. 자 하경夏卿. 호
매산梅山.

이항복李恒福, 1556~1682
문신. 자 자상子常. 호 백사白沙. 본관
경주. 시호 문충文忠. 저서에 《백사
집》, 《북천일록北薦日錄》, 《노사영언
魯史零言》이 있다.

이형李馨
미상

이후백李後白, 1520~1578
문신. 자 계진季眞. 호 청련青蓮. 본관
연안. 시호 문청文清. 저서에 《청련
집》이 있다.

이행진李行進, 1597~1665
문신. 자 사겸士謙. 호 지암止菴. 본관
전의. 인조 때 문과. 이조판서.

이황李滉, 1501~1570
학자, 문신. 자 경호景浩. 호 퇴계退溪.
본관 진보. 시호 문순文純. 저서에
《퇴계전서退溪全書》등이 있고, 작품

에 〈도산십이곡陶山十二曲〉등이 있다.

임광택林光澤
후기 위항시인. 자 시재施哉. 호 쌍
백당雙柏堂. 본관 보성.

임억령林憶齡, 1496~1568
문신. 자 대수大樹. 호 석천石川. 본관
선산.

임유후任有後, 1601~1673
문신. 자 효백孝伯. 호 만휴당萬休
堂·휴와休窩. 본관 풍천. 시호 정희
貞僖. 저서에 《만휴당집》, 《휴와야담
休窩野談》이 있다.

임인영林仁榮
후기 위항시인. 기타 미상

임제林悌, 1549~1587
문인. 자 자순子順. 호 백호白湖. 본관
나주. 저서에 《백호집》, 《화사花史》,
《수성지愁城志》, 《부벽루상영록 浮碧
樓觴詠錄》이 있다.

| ㅈ |

장유張維, 1587~1638
문신, 학자. 자 지국持國. 호 계곡谿谷. 본관 덕수. 시호 문충文忠. 저서에 《계곡집》, 《계곡만필谿谷漫筆》이 있다.

장지완張之琓, 구한말
자 여엽汝琰. 호 비연斐然. 본관 인동.

장태기張泰麒
후기 위항시인. 자 유서攸序. 호 유계攸溪. 본관 인동.

장현광張顯光, 1554~1637
문신, 학자. 자 덕회德晦. 호 여헌旅軒. 본관 인동. 시호 문강文康. 저서에 《여헌문집》, 《역학도설易學圖說》 등이 있다.

정내교鄭來僑, 1681~1757
문인. 자 윤경潤卿. 호 완암浣巖. 저서에 《완암집》이 있다.

정도전鄭道傳, 1342~1398
문신, 학자. 자 종지宗之. 호 삼봉三峰. 본관 봉화. 시호 문헌文憲. 저서에 《삼봉집》, 《경제육전經濟六典》 등이 있다.

정렴鄭磏, 1505~1549
학자. 자 사렴士濂. 호 북창北窓. 본관 온양. 시호 장혜章惠. 저서에 《북창집》, 《동원진주낭東垣珍珠囊》이 있다.

정몽주鄭夢周, 1337~1392
문신, 학자. 삼은의 한 사람. 자 달가達可. 호 포은圃隱. 본관 영일. 시호 문충文忠. 저서에 《포은집》이 있다.

정민교鄭敏僑, 1697~1731
문인. 자 계통季通. 호 한향자寒鄉子. 본관 창녕.

정수강丁壽崗, 1454~1527
문신, 학자. 자 불붕不崩. 호 월헌月軒. 본관 나주. 저서에 《월헌집》이 있다.

정약용丁若鏞, 1762~1836

실학자. 자 미용美鏞. 호 다산茶
山·여유당與猶堂. 본관 나주. 저서에
《여유당전서與猶堂全書》,《목민심서
牧民心書》,《경세유표經世遺表》,《흠흠
신서欽欽新書》,《아언각비雅言覺非》등
외 다수가 있다.

정의윤鄭宜允

후기 위항시인.

정이오鄭以吾, 1347~1434

문신. 자 수가粹可. 호 교은郊隱. 시
호 문정文定. 저서에《교은집》,《화
약고기火藥庫記》가 있다.

정중원鄭重元

참봉, 교관. 호 천천자喘喘子.

정지묵丁志默

미상

정지상鄭知常, ?~1135

고려 때의 시인. 문신. 호 남호南湖.
본관 서경西京. 저서에《정사간집鄭
司諫集》이 있다.

정지승鄭之升

자 자신子愼. 호 총계叢桂. 이달李達,
최경창崔景昌 등과 같은 시대 사람
으로 추측.

정철鄭澈, 1536~1593

문신, 시인. 자 계함季涵. 호 송강松
江. 본관 연일. 시호 문청文淸. 저서
에《송강집》,《송강가사松江歌辭》가
있다.

정포鄭誧, 1309~1345

문신. 자 중부仲孚. 호 설곡雪谷. 본
관 청주. 저서에《설곡집》이 있다.

정학연丁學淵, 1783~?

문신. 자 치수稚修. 호 유산酉山, 다
산 정약용의 아들.

정현덕鄭顯德, 1810~1883

문신. 자 백순伯純. 호 우전愚田. 본관
동래.

정희교鄭希僑, 1465~?

문인. 자 혜이惠而. 호 학주鶴洲. 본관
경주.

정희량鄭希良, 1469~?
문신. 자 순부淳夫. 호 허암虛庵. 본관 해주. 저서에《허암유고》가 있다.

조수성曺守誠
후기 위항시인. 자는 일지一之.

조수홍趙秀弘
미상

조식曺植, 1501~1572
학자. 자 건중楗仲. 호 남명南冥. 본관 창녕. 시호 문정文貞. 저서에《남명집》,《남명학기南冥學記》, 작품에 〈남명가南溟歌〉, 〈권선지로가勸善指路歌〉가 있다.

조위曺偉, 1454~1503
문신, 학자. 자 태허太虛. 호 매계梅溪. 본관 창녕. 시호 문장文莊. 저서에《매계집》이 있다.

조지겸趙持謙, 1639~1685
문신. 자 광보光甫. 호 우재迂齋. 본관 풍양. 저서에《우재집》이 있다.

진화陳澕, 고려 때의 시인
문신. 호 매호梅湖. 본관 덕여. 시에 뛰어나 이규보와 병칭竝稱되었다. 저서에《매호유고》가 있다.

| ㅊ |

초의선사艸衣禪師, 1786~1866
본명 장의순張意恂. 초의는 호. 조선 때의 시승詩僧. 다도茶道를 부흥. 저서에《동다송東茶頌》,《다신전茶神傳》이 있다.

최곤술崔坤述, 1870~1953
학자. 우국지사. 자 자강子剛. 호 고재古齋. 저서에《고재집》(국역명: 나라여! 내 나라여!)이 있다.

최경창崔慶昌, 1539~1583
시인. 자 가운嘉運. 호 고죽孤竹. 본관 해주. 저서에《고죽유고》가 있다.

최기남崔奇男
후기 위항시인. 자 영숙英叔. 호 귀곡龜谷. 본관 영천.

최숙생崔淑生, 1457~1520

문신. 자 자진子眞. 호 충재虫齋. 본관 경주. 시호 문정文貞. 저서에 《충재집》이 있다.

최윤창崔潤昌

후기 위항시인. 자 회지晦之. 호 동계東溪.

최중식崔重植

미상

최해崔瀣, 1287~1340

학자, 문신. 자 언명보彦明父. 호 농은農隱. 본관 경주. 저서에 《농은집》, 《귀감龜鑑》이 있다.

취미 수초翠微 守初, 1590~1668

조선 때 시승詩僧. 취미는 호. 성삼문의 후손. 저서에 《취미시집翠微詩集》이 있다.

하위지河緯地, 1412~1456

사육신의 한 사람. 자 천장天章. 호 단계丹溪. 본관 진주. 시호 충렬忠烈.

한수韓脩, 1514~1588

학자. 자 영숙永叔. 호 석봉石峰. 본관 청주.

한익항韓翼恒

학자. 자 항경恒卿. 호 청탄聽灘.

한인위韓仁偉

후기 위항시인. 자 사언士彦. 호 약수藥叟. 본관 청주.

허균許筠, 1569~1618

문신, 소설가. 자 단보端甫. 호 교산蛟山. 본관 양천. 작품에 《교산시화蛟山詩話》, 《홍길동전》 등이 있다.

허난설헌許蘭雪軒, 1563~1589

여류시인. 본명은 초희楚姬. 난설헌은 호. 별호 경번景樊. 본관 양천. 저서에 《난설헌집》이 있다.

허목許穆, 1595~1682

문신, 학자. 자 문보文甫. 호 미수眉叟. 본관 양천. 시호 문정文正. 저서에 《미수기언眉叟記言》, 《동사東事》, 작품에 《척주동해비陟州東海碑》 등이 있다.

허종許琮, 1434~1494

문신. 자 종경宗卿. 호 상우당尙友堂. 본관 양천. 시호 충정忠貞. 저서에 《상우당집》이 있다.

현기玄錡, 1809~1860

시인. 자 신여信汝. 호 희암希庵. 저서에 《희암집》이 있다.

홍산주洪山柱

후기 위항시인. 호 만장萬丈. 본관 남양.

홍서봉洪瑞鳳, 1572~1645

문신. 자 휘세輝世. 호 학곡鶴谷, 본관 남양. 시호 문정文靖. 저서에 《학곡집》이 있다.

홍유손洪裕孫, 1431~1529

학자. 자 여경餘慶. 호 소총篠叢. 본관 남양. 저서에 《소총유고》가 있다.

홍익한洪翼漢, 1586~1637

삼학사의 한 사람. 자 백승伯升. 호 화포花浦. 본관 남양. 저서에 《화포집》, 《서정록西征錄》이 있다.

홍중호洪重灝

후기 위항시인. 자 사심士深.

홍한인洪漢仁

미상

홍현주洪顯周

조선 정조의 사위. 자 세숙世叔. 호 해거재海居齋. 본관 풍산. 시호 효간孝簡. 저서에 《해거시집海居詩集》이 있다.

황현黃玹, 1855~1910

학자. 우국지사. 자 운경雲卿. 호 매천梅泉. 본관 장수. 저서에 《매천야록梅泉野錄》, 《동비기략東匪紀略》이 있다.

휴정休靜, 1520~1604

서산대사西山大師. 승군장僧軍將. 호 청허淸虛. 성은 최崔. 본관 완산. 저서에《청허당집》, 편서에《삼가귀감三家龜鑑》등이 있다.

찾아보기

1_ 작가

| ㄱ |

강백년姜栢年 342

강세황姜世晃 49

강위姜瑋 215

강준흠姜浚欽 217

강희맹姜希孟 177

개성 과부 50

고경명高敬命 57

고의후古義厚 332

곽연郭珚 329

권갑權韐 109

권만權萬 33

권벽權擘 138, 153

권병락權丙洛 223

권석찬權錫贊 212

권엄權嚴 208

권필權韠 122, 146, 301, 336, 354

김가기金可基 340

김극검金克儉 149

김도징金道徵 218

김류金瑬 233

김매순金邁淳 274

김삼의당金三宜堂 31, 96

김상용金尙容 113

김상헌金尙憲 244

김수온金守溫 39

김수필金壽弼 170

김숙金潚 253

김시모金時模 184

김시습金時習 42

김시진金始振 199

김안국金安國 213

김옥균金玉均 312

김인후金麟厚 37, 360

김정金淨 137

김정희金正喜 262

김제안金齊顔 104

김지대金之岱 211

김창숙金昌叔 230

김충렬金忠烈 273

김홍서金弘叙 119

| ㄴ |

남상교南尙敎 222

손끝에 남은 향기

남병철南秉哲 127, 289

남유상南有常 254

남이南怡 326

노긍盧兢 38

| ㄷ |

도용진都容軫 76

| ㅂ |

박계강朴繼姜 174

박규수朴珪壽 92

박상립朴尙立 27

박성혁朴成赫 322

박순朴淳 67, 178, 235, 282, 308

박은朴誾 337

박인로朴仁老 185, 254

박제가朴齊家 120, 214

박준원朴準源 243

박지원朴趾源 259

박필규朴弼奎 277

백경환白景煥 209

백광훈白光勳 210, 324

변중량卞仲良 110, 246

| ㅅ |

서거정徐居正 143, 305

서경덕徐敬德 45, 86, 297

서영수각徐令壽閣 347

서헌순徐憲淳 284

석장인石丈人 77

설손揳遜 34

설요薛瑤 83

설장수揳長壽 59

성간成侃 72

성삼문成三問 240, 241

성수침成守琛 283

성운成運 189, 190

성하창成夏昌 294

성혜영成蕙永 24

성효원成孝元 152

소태정邵泰挺 69

손구섭孫龜燮 358

손만웅孫萬雄 197

손병하孫秉河 157

손염조孫念祖 276

손영광孫永光 219

손중돈孫仲暾 333

손후익孫厚翼 280

송시열宋時烈 357

송익필宋翼弼 331

송한필宋翰弼 132

승행사僧行思 105

신광수申光洙 267

신위申緯 335, 349

신응시辛應時 290

신이규辛履奎 54

신익성 비婢 89

신잠申潜 162

신흥섬申興暹 135

신흠申欽 55, 79. 192, 343

심희수沈喜壽 270

| ㅇ |

안필기安必期 103

안호安祜 43

양경우梁慶遇 28

양사언 소실楊士彦 小室 94, 95

오경화吳擎華 129

오수吳璲 131

왕백王伯 297

운초雲楚 256

운하옹雲下翁 44

원송수元松壽 318

위원개魏元凱 193

유득공柳得恭 195

유몽인柳夢寅 320

유영길柳永吉 48

유원주劉元柱 288

유찬홍庾纘洪 141

유한재兪漢宰 29

윤낙호尹樂浩 344

윤두수尹斗壽 176

윤선거尹宣擧 234

윤선도尹善道 330

윤정기尹廷琦 85

윤종억尹鍾億 293

윤증尹拯 127

윤훤尹暄 191

의주 기생義州 妓生 64

이가환李家煥 73

이개李塏 130

이건창李建昌 265

이경여李敬輿 237

이계李烓 264

이광석李光錫 278

이규보李奎報 179, 315, 323, 339

이근수李根洙 88

이기李沂 134

이달李達 58, 154, 263, 296, 311

이담李湛 361

이덕무李德懋 121, 202

이득원李得元 35

이만배李萬培 108

이만용李晩用 66

이만원李萬元 172

이매창李梅窓 98

이명채李命采 285

이명한李明漢 111

이색李穡 303

이서구李書九 272

이소한李昭漢 114

이수광李睟光 115

이수익李受益 23

이수인李樹仁 250

이순구李純久 238

이순신李舜臣 231

이술현李述賢 249

이숭인李崇仁 169, 186, 204, 359

이안중李安中 19, 20

이양연李亮淵 164, 356

이언적李彦迪 173

이옥李鈺 53, 300

이옥봉李玉峯 87

이용휴李用休 351

이우빈李佑贇 187

이이李珥 327

이정李精 124

이정구李廷龜 56, 84

이제현李齊賢 93, 196

이지천李志賤 310

이집李集 275

이하진李夏鎭 123

이항복李恒福 163

이형李馨 102

이후백李後白 97

이행진李行進 125

이황李滉 302, 328

임광택林光澤 319

임억령林憶齡 139, 314

임유후任有後 295

임인영林仁榮 25

임제林悌 32, 71

| ㅈ |

장유張維 21

장지완張之琬 321

장태기張泰麒 167

장현광張顯光 155

정내교鄭來僑 159

정도전鄭道傳 221

정렴鄭磏 317

정몽주鄭夢周 100, 225

정민교鄭敏僑 68

정수강丁壽崗 188

정약용丁若鏞 18

정의윤鄭宜允 313

정이오鄭以吾 334

정중원鄭重元 65

정지묵丁志默 181

정지상鄭知常 63

정지승鄭之升 206

정철鄭澈 142, 245

정포鄭誧 75

정학연丁學淵 151

정현덕鄭顯德 269

정희교鄭希僑 126

정희량鄭希良 248

조수성曺守誠 207

조수홍趙秀弘 41

조식曺植 309

조위曺偉 136, 252

조지겸趙持謙 140

진화陳澕 179

| ㅊ |

초의선사艸衣禪師 355

최곤술崔坤述 299

최경창崔慶昌 147

최기남崔奇男 82

최숙생崔淑生 166, 346

최윤창崔潤昌 26

최중식崔重植 182

최해崔瀣 51

취미 수초翠微 守初 171

| ㅎ |

하위지河緯地 242

한수韓脩 205

한익항韓翼恒 286

한인위韓仁偉 168

허균許筠 99

허난설헌許蘭雪軒 52, 74

허목許穆 345

허종許琮 118

현기玄錡 133

홍산주洪山柱 101

홍서봉洪瑞鳳 216

홍유손洪裕孫 36

홍익한洪翼漢 292

홍중호洪重灝 203

홍한인洪漢仁 30

홍현주洪顯周 161

황현黃玹 287

휴정休靜 62, 175, 227, 258, 353

손끝에 남은 향기

| 삶의 현장 |

〈詠水石絶句〉 18

〈月節變曲〉 19, 20

〈古意〉 21

〈庭草交翠〉 23

〈溪上〉 24

〈仁王山偶吟〉 25

〈田舍〉 26

〈林居〉 27

〈田家〉 28

〈春日睡覺〉 29

〈天磨山〉 30

〈淸夜汲水〉 31

〈煎花會〉 32

〈騎牛〉 33

〈題平陵驛亭〉 34

〈曉行〉 35

〈題江石〉 36

〈題沖菴時卷〉 37

〈子夜曲〉 38

〈題山水畵〉 39

〈警相諍〉 39

〈山居〉 41

〈遊金鰲 天柱寺看花〉 42

〈雨裏看花〉 43

〈過謙齋鄭公幽居〉 44

| 사랑의 현장 |

〈春杵女〉 48

〈路上所見〉 49

〈贈金台鉉〉 50

〈風荷〉 51

〈采蓮曲〉 52

〈雅調〉 53

〈搗衣曲〉 54

〈感春〉 55

〈大同江〉 56

〈浿江樓舡題詠〉 57

〈采蓮曲次大同樓船韻〉 58

〈卽興〉 59

| 이별의 현장 |

〈浮休子〉 62

〈大同江〉 62

〈別權判書〉 64

〈送趙承旨德璘謫鍾城〉 65

〈大同江舟中作〉 66

〈礪山郡別行思上人〉 67

〈別叔氏歸路口占〉 68

〈作客〉 69

〈閨怨〉 71

〈囉嗊曲〉 72

〈又次多字韻〉 73

〈寄夫江舍讀書〉 74

〈梁州客館別情人〉 75

〈送別〉 76

〈落花〉 77

〈烏夜啼〉 79

| 기다림의 현장 |

〈奩體〉 82

〈全唐詩, 返俗謠〉 83

〈柳枝詞〉 84

〈卽事〉 85

〈離怨〉 87

〈竹枝詞〉 88

〈懷人〉 89

| 간절한 그리움 |

〈送李元常歸報恩〉 92

〈小藥府 濟危寶〉 93

〈寄情〉 94

〈閨怨〉 95, 97

〈夜深詞〉 96

〈春怨〉 98

〈聽杜鵑用盡眉鳥韻〉 99

〈征夫怨〉 100

〈贈別〉 101

〈碧梧桐〉 102

〈楊柳詞〉 103

〈寄無說大師〉 104

〈海南訪玉峰〉 105

| 회고의 정 |

〈暮過松都門樓〉 108

〈松都懷古〉 109

〈松山〉 110

〈南松亭途中〉214

〈途中聞贗有感〉215

〈灣館曉起〉216

〈入金剛山〉217

〈金剛山山影樓〉218

〈金剛山〉219, 220

〈四月初一日〉221

〈旅館歲暮〉222

〈漢陽重九日〉223

〈江南柳〉226

〈還鄉〉227

| 인륜 도덕 |

〈自嘲〉230

〈閑山島歌〉231

〈付書瀋陽〉233

〈三田渡〉234

〈謝恩後歸永平〉235

〈謫路過愼伯擧〉237

〈宿新義州旅舍渡江〉238

〈夷齊廟〉240

〈謝人贈簑衣〉242

〈翻風爭謠〉243

〈路傍塚〉244

〈遊子吟〉246

〈得家君手書〉248

〈関制後復寢感吟〉249

〈帶兒子醵行 馬上憶先人遺稿句語
　　不勝感懷〉250

〈寄弟叔奮〉252

〈北麓〉253

〈九日有懷舍弟〉254

〈贈杏花村主人〉256

〈顧影有感〉258

〈憶先兄〉259

| 아내를 여의고 |

〈配所輓妻喪〉262

〈悼亡〉263, 265, 269

〈婦人挽〉264

〈還家感賦〉267

〈有悼〉270

| 자연의 아름다움 |

〈夕景〉272

〈山寺月夜聞子規〉273

〈出溪上得一絶〉274

〈寄鄭相國〉275

〈九曲瀑布〉 276

〈晨行〉 277

〈曉行〉 278

〈紅流洞〉 280

〈湖堂雨後卽事〉 282

〈山居雜詠〉 283

〈偶詠〉 284

〈延壽山雲〉 285

〈詠庭前梨樹〉 286

〈幽居信筆〉 287

〈夢遊山寺〉 288

〈菊〉 289

〈芙蓉堂〉 290

| 자조 자탄 |

〈忠州月川〉 292

〈渡錦江〉 293

〈平澤途中〉 294

〈絶華〉 295

〈錦帶曲贈孤竹使君〉 296

〈山居春日〉 297

〈山水歌〉 299

〈俚諺〉 300

〈尹而性有約不來獨飮數器戲作俳諧

句〉 301

〈紅桃花下有懷季珍〉 302

〈對菊有感〉 303

〈春日〉 305

| 풍자 해학 |

〈齒碎戲題〉 308

〈偶吟〉 309

〈戲贈巫女〉 310

〈洛中有感〉 311

〈鷄〉 312

〈書江城縣舍〉 313

〈鷺〉 314

〈蓼花白鷺〉 315

〈詠白鷺〉 317

〈正朝賣慵懶〉 318

〈春日雜興〉 319

〈詠梳〉 320

〈白髮自嘲〉 321

〈九日大菊懷洪兪使〉 322

〈詠魚〉 323

〈春後〉 324

손끝에 남은 향기

| 호기 풍류 |

〈北征〉 326

〈登毘盧峰〉 327

〈書季任倦遊錄後〉 328

〈寄元校書松壽〉 329

〈樂書齋偶吟〉 330

〈對酒吟〉 331

〈詠菊〉 332

〈嶺南樓〉 333

〈次韻寄鄭伯亨〉 334

〈菊花〉 335

〈室人勸止酒〉 336

〈雨中感懷有作投擇之前半略〉 337

〈謝友人送酒〉 339

〈失題〉 340

| 달관 통찰 |

〈山行〉 342

〈長松標〉 343

〈偶人〉 344

〈無可無不可吟〉 345

〈贈擇之〉 346

〈庭畔三石〉 347

〈題錦城女史藝香畫蘭〉 349

〈寄靖叟〉 351

〈普賢寺〉 353

〈村居雜題中一〉 354

〈至龍門寺〉 355

〈自輓〉 356

〈濯髮〉 357

〈見雲影書室有感〉 358

〈新晴〉 359

〈古木〉 360

〈枯木〉 361